Zora del Buono

Hinter Büschen, an eine Hauswand gelehnt

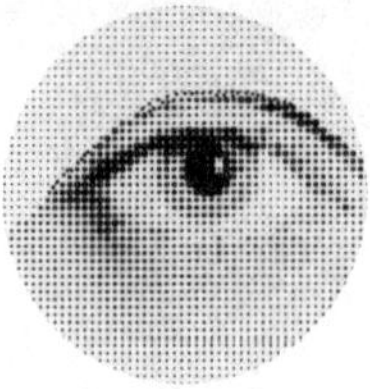

Zora del Buono

Hinter Büschen, an eine Hauswand gelehnt

Roman

C.H.Beck

«Wissen, daß man nicht für den Anderen schreibt,
wissen, daß diese Dinge, die ich schreibe,
mir nie die Liebe dessen eintragen werden, den ich liebe,
wissen, daß das Schreiben nichts kompensiert, nichts sublimiert,
daß es eben *da, wo du nicht bist,* ist –
das ist der Anfang des Schreibens.»

ROLAND BARTHES: FRAGMENTE EINER SPRACHE DER LIEBE

Sie bellen, *Sir*, möchte sie zu ihm sagen. Sie blaffen und fletschen, fehlt nur noch, dass Sie sabbern. Warum solch hässliche Wörter, die sonst nur für Hunde gelten, denkt sie, dabei mag ich Hunde doch. Sie sehen fratzenhaft aus, das Gesicht eine Grimasse, holzschnittartig. Sind Sie ein abgrundtief böser Mensch oder nur erstklassig geschult, ein professionell aufgemotzter Angsteinflößer? Ihr Körper ist zu wuchtig für meinen, Sie stehen, ich sitze, Ihre Waffe mir auf Augenhöhe, eine *Glock* wahrscheinlich, die kennt man ja aus Filmen. Sie demütigen mich, ich will mich von *dir* nicht demütigen lassen, in Gedanken duzt sie den *officer* jetzt, dann ist er nicht so mächtig, vielleicht ist das ein guter Trick gegen die Angst. Der Junge nebenan guckt verstört, er ist verstummt, vorhin hat er noch geredet, sich höflich zu erklären versucht, der schmale Asiate, so, wie sie es auch getan hat, sie haben einander keinen Blick zugeworfen, auch wenn es ihr ein Bedürfnis gewesen wäre – doch bloß nichts Verschwörerisches aufkommen lassen zwischen Fremden, es könnte gegen einen verwendet werden. Er hat in einer anderen Maschine gesessen als sie, aber das spielt keine Rolle mehr, hier hocken sie nun wie Gefangene.

Draußen das gleißende Licht des Südens, drinnen kaltes Neon. Frösteln nicht nur wegen der lachhaft niedrigen Raumtemperatur.

Sie möchte jetzt gerne Zev anrufen.

Ein weiterer Beamter kommt auf sie zu, den kennt sie noch nicht, wahrscheinlich Schichtwechsel, vielleicht ein Vorgesetzter, ein Schwarzer diesmal, er geht breitbeinig und langsam, so, wie alle hier breitbeinig und langsam gehen, auch die Frauen, ihrer Körper ganz sicher, die Staatsgewalt hat sich in sie eingeschrieben, so verdammt stark fühlen sie sich mit dem Apparat im Rücken, im Nacken, in jedem Muskel. Er lässt ein Blatt Papier auf den Tisch schweben, sie erkennt es sofort, es ist nicht irgendein Schriftstück, es ist *das* Schriftstück, man hat es ihrer Handtasche entnommen. Beide stehen vor ihr und blicken auf sie herab.

Sie haben gelogen, *Mrs Ostan*, sagt der Weiße, dessen Stirn plötzlich glänzt, und wir mögen es nicht, wenn wir angelogen werden. Er schiebt ihr das Papier hin, alle zehn Fingerkuppen darauf gepresst, gespreizt sieht das aus und trotzdem bestimmt, er rückt es zurecht, es soll ganz gerade vor ihr liegen; vielleicht leidet er unter einem Zwang. Sein Plastikausweis baumelt vor ihr, er heißt *O'Leary*, das wollte sie gar nicht wissen, wollte ihn ohne Geschichte lassen, doch schon setzen irische Fantasien ein.

In was für einer Beziehung stehen Sie zu diesem Mann?, fragt der Schwarze und zückt ein Foto von Zev, legt es auf das

Papier. Er war mein Student, antwortet sie. Und sonst?, fragt er. Sonst weiter nichts, sagt sie und sieht ihm in die Augen. Er wird auf das Entlarven von Lügen trainiert sein, denkt sie und bemüht sich um einen standhaften Blick. Planen Sie, ihn zu treffen?, fragt er. Ich treffe viele Leute, sagt sie, an verschiedenen Colleges und Universitäten. O'Leary schaltet sich ein, die Daumen nun in den Waffengürtel eingehakt. Er wiederholt den Satz: Planen Sie, ihn zu treffen? Sie denkt an Zev, hat dieses Bild vor sich, wie er am Getränkeautomaten steht, sieht ihn von hinten, die rabenschwarzen Haare nass und schulterlang, ein weißes Unterhemd über der hochgekrempelten Jeans, barfuß wie meist. Planen Sie, ihn zu treffen? Jetzt ist der Schwarze wieder dran, sie liest sein Namensschild, *Freeman*, welch ein Hohn, denkt sie matt, sie wollen ihr die Frage in den Kopf hämmern, sie mürbe machen durch Wiederholung. Nein, sagt sie, ich plane nicht, ihn zu treffen. Was ist denn mit ihm? Wir sind zu keiner Auskunft verpflichtet, sagt Freeman und sieht sie prüfend an. Eine Frau wird hereingeführt, sie schätzt sie auf ihr Alter, Ende vierzig, Anfang fünfzig, gefärbtes rotes Haar, knalliger Lippenstift, eine Tasche mit Schottenkaromuster demonstrativ vor sich her tragend. Sie setzt sich neben den Asiaten, schimpft, öffnet die Tasche, ein Hündchen, wuschelig und gewaschenweiß, springt heraus. O'Leary stürzt hinüber, fünf raumgreifende Schritte, schon steht er drohend vor ihr. Er wird laut, der Asiate zuckt zusammen, sie ist froh, dass sie eine Pause hat, die geballte Macht auf jemand anderen gefallen ist.

Die Rotgelockte ist wagemutig, lässt sich von O'Learys Getöse, wer ihr in Gottes Namen gestattet habe, das Tier aus der Tasche zu lassen, nicht einschüchtern, sagt nur trocken, ihr Hündchen müsse Pipi machen, ob sie jetzt gehen könne, das müsse alles ein Missverständnis sein. O'Leary stößt einen gepressten Lacher aus, ruft in den Nebenraum nach einer Susan und wartet dann stumm.

Freeman klopft laut auf den Tisch, sie erschrickt. Mitkommen, sagt er. Sie steht auf, folgt ihm durch den Raum, vorbei an dem Asiatenjungen, der zusammengefallen auf dem Stuhl hockt und zu Boden stiert, sieht noch, wie eine korpulente Beamtin, wahrscheinlich Susan, zu der Rothaarigen geht, hört, wie die aufschreit, während die Korpulente mit dem Hündchen, das vergnügt hochspringt und in die Leine zu beißen versucht, den Raum verlässt; das Gezeter der Rothaarigen will kein Ende nehmen, was Freeman unkommentiert lässt, und auch O'Leary schweigt einfach weiter. Sie gehen einen Flur entlang, Freeman voraus, sie spürt jemanden hinter sich, fühlt, wie die Person näher kommt, dreht sich um, eine junge Beamtin folgt ihr, eine magere diesmal, richtiggehend ausgezehrt sieht sie aus, das Haar streng zusammengebunden, dadurch wirkt das flächige Gesicht noch größer, obwohl ohnehin schon zu groß für den schmächtigen Körper, starrer Blick, wimpernlose Fischaugen wie aus einem Renaissancegemälde – und das direkt hinter ihr; ihr wird übel. Freeman öffnet eine Tür, sie tritt ein, die Dürre auch, sie sieht sich um, eine fensterlose Kammer, darin eine Metallpritsche, ein Metallklo ohne Brille, ein Metallwaschbecken; das darf doch nicht wahr sein. Beeil dich, Taylor, befiehlt Freeman und verlässt den Raum. Ziehen Sie sich aus, sagt *Officer Taylor* und fügt noch ein *please* hinzu, eine generös gemeinte Geste vielleicht oder ein zynischer kleiner Querschläger, beides wäre möglich, der Tonfall verrät es nicht. Alles?, fragt sie. Alles, antwortet Taylor. Sie beginnt, sich zu entkleiden, während Taylor blassblaue Latexhandschuhe überzieht, weiß nicht, soll sie es schnell oder betont langsam tun, überlegt, wo sie Jacke und Shirt hinlegen soll, eine Stuhllehne gibt es nicht, sie wirft beides auf die Pritsche, ihr zittern die Hände, sie merkt es beim Aufhaken des BHs. Stopp, sagt Taylor, was anständig von ihr ist, sie durchsucht offenbar in zwei Etappen, die totale Entblößung bleibt ihr also erspart. Sie stellt sich vor Taylor hin, breitet ungefragt die Arme aus, überlässt sich dem, was kommen wird, vollkommen willenlos, wundert sich einzig über ihre Ergebenheit. Taylor tastet sie ab, die Achselhöhlen, auch die Unterseite der Brüste, fährt mit den Fingern den Nacken hoch, wühlt durch ihr kurzes, dichtes Haar, sagt ihr, sie solle den Mund öffnen, die Zunge anheben; es ist lächerlich. Taylor reicht ihr den BH und das Shirt, sagt: Und jetzt unten. Sie winkt ab, zieht die Schuhe aus, die Socken, streift Hose samt Slip ab, lässt alles auf den Schuhen liegen, eine Aufwallung kindlichen Trotzes, sie weiß selber nicht, warum sie Taylors Angebot, sich oben wieder anzukleiden, ausgeschlagen hat, warum sie lieber splitternackt vor einer Beamtin steht, die halb so alt ist wie sie, vielleicht, weil dieser erste Moment autonomen Handelns sie stärkt, vielleicht auch, weil sie sich eigentümlich intakt fühlt, ihr Körper das Einzige ist, was ihr bleibt im Angesicht dieser unsäglich mageren Frau, die jetzt vor ihr kniet und ihr die Zehen auseinanderspreizt, dann beide Beine abtastet, als ob sie etwas unter der Haut versteckt haben könnte, eine dermaßen hirnrissige Veranstaltung ist das, sie kann es kaum glauben, bis Taylor aufsteht und mehrmals entschuldigend das Wort *crotch* nuschelt, und sie versteht, dass die Beamtin schamerfüllter ist als sie selbst, während Taylor mit den blauen Gummihandschuhen tatsächlich in ihrem Schritt herumzufummeln beginnt und schließlich zwei Finger in sie hineinsteckt, erst den einen, dann den anderen; sie möchte dieses nahezu körperlose Wesen jetzt furchtbar gerne schlagen und darf es nicht.

Ein Klopfen an der Tür, Taylor eilt hin, es ist Freeman, der im Flüsterton auf die Beamtin einzureden beginnt; Flüstern ist seltsam, denkt sie, sonst sind die doch so laut, in der Zwischenzeit zieht sie sich an. Kommen Sie mit, befiehlt Freeman. Sie geht hinter ihm her, sieht sich nach Taylor um, blickt in diese wimpernlosen Augen, keine Regung darin, keine Freundlichkeit, keine Unfreundlichkeit, sie kann diese Frau nicht deuten, ist die ihr nun wohlgesonnen oder nicht oder einfach nur stumpf? Beeilen Sie sich, ruft Freeman und hetzt den Flur hinunter, Ihr Flug geht in zwanzig Minuten. Welcher Flug?, fragt sie und denkt, was für ein *fucking flight* denn, ich kann auf keinen Fall weg von hier, ich muss zu Zev, muss ihn finden, verdammt noch mal, das können die doch nicht machen mit mir! Amsterdam, sagt er. Amsterdam? In Europa, sagt er. Ich weiß, wo Amsterdam liegt, schimpft sie, ich will nicht nach Amsterdam! Ihre Stimme ist zu laut, sie merkt es selbst, Freeman stoppt abrupt und baut sich vor ihr auf, starrt sie grimmig an und sagt: Sie sollten dankbar sein, dass wir Sie nur zurückschicken, anstatt Sie zu verhaften. Sie sind nicht mehr willkommen in unserem Land.

Ein Sommer, der die Welt veränderte. Die Welt im Großen und die im Kleinsten, meine also. Ein Sommer mit zwei jungen Männern, Revolutionär in der Theorie der eine, wahrhaft revolutionär in der Praxis der andere. Der Theoretiker, Marx-Zitate in petto, stand beim ersten Zusammentreffen da wie ein Pirat, blaues Kopftuch, geknotet über schulterlangem, pechschwarzem Haar, Kinnbart und Schnauz und auch sonst unrasiert, eine Hipsterallüre, ein forschender, fordernder Blick aus dunkelsten Augen hinter schwarz geränderter Brille, viel Schwärze also für solch einen jungen Mann, gerade erst dem Teenageralter entschlüpft. Er war zwanzig Jahre alt, sein Name lautete Zev Swartz, die Schwärze war gewissermaßen amtlich festgehalten. Den anderen kannte man nur von Bildern, es waren immer dieselben; ein wohlerzogen, geradezu bieder wirkender junger Mann, sehr blass, akkurat geschnittenes Haar, zehn Jahre älter als der Pirat und bald weltberühmt: Edward Snowden. Ob der Pirat auch Großes vollbringen, sich vom Maulhelden zum Aktivisten entwickeln würde? Im Laufe von zehn Jahren konnte viel passieren. Man hätte vorspulen wollen, um das Ergebnis zu sehen, konnte aber nur abwarten. Und hoffen – wenn man Rebellen mochte, so wie ich. Ein dritter Mann würde auftauchen, wesentlich älter als die beiden anderen, ein Mensch, der mehr wusste, als gut für ihn war, der nervös war wegen dieses Wissens und der Geschichte dieses Sommers (der kleinen, obwohl sie direkt zusammenhing mit der großen) die entscheidende Wendung geben sollte. Er nannte sich Dave. Dave kann jeder heißen.

3.Juli 2013 – 26 Tage, nachdem der *Guardian* und die *Washington Post* über das NSA-Programm *PRISM* berichteten, lässt Bundeskanzlerin Angela Merkel am 1.Juli 2013 verkünden, das Abhören von Freunden sei inakzeptabel. «Wir sind doch nicht mehr im Kalten Krieg.» Zwei Tage später telefoniert sie mit Barack Obama. Man nehme die europäischen Sorgen durchaus ernst, beschwichtigt der amerikanische Präsident.

Es begann alles so wie jedes Jahr. Ein College in den grasgrünen Hügeln Neuenglands, sieben Wochen Sommeruniversität, acht Sprachen waren vertreten, man hörte sieben Wochen lang Chinesisch, Spanisch, Russisch – und auch Deutsch. Einhundertzwanzig amerikanische Studenten an der deutschen Abteilung, davon zwanzig im Masterprogramm, sechs in meinem Kurs. In manchen Jahren saß einer von der CIA mit im Unterricht, mit einer erfundenen Biografie, Punkt für Punkt plausibel zusammengelogen, wir wussten nicht, wer, ahnten es nur, hörten Gerüchte, wurden gewarnt; dass die Person zum Schluss nicht am Gruppenfototermin teilnahm, war letztendlich der Beweis für ihre Existenz. Meine Hoffnung, dass wenige Religiöse in der Klasse sein mochten, erfüllte sich, nur eine Studentin machte einen strenggläubigen Eindruck, Lisa, ein aufgeweckt dreinblickendes Mädchen aus dem Süden mit überlangen Beinen und blond gekraustem Haar. Die Religiösen waren nicht bedrohlich, nur lästig, Kränkungen mussten vermieden und Ankündigungen ausgesprochen werden, bevor Verstörendes oder sexuell Explizites gezeigt oder verhandelt wurde, in Filmen zum Beispiel, damit die Studenten die Hände vor die Augen legen oder rechtzeitig den Raum verlassen konnten, homosexuelle Szenen etwa, da mochten die Filme kulturgeschichtlich noch so relevant sein, *Coming out* oder so. Man lernte den Umgang mit ihnen aber schnell, der evangelikale Fundamentalismus war simpel gestrickt; einmal mehr erstaunlich, dass eine kluge junge Frau einem so einfachen Weltbild anhängen konnte; Lisas Vater sei Pfarrer im ländlichen Virginia, hieß es, sonntags lausche sie im Radio seiner Predigt. Am dritten Tag stieß ein neuer Student zu der Klasse, er sei begabt und unterfordert im Sprachprogramm, eigentlich zu jung für den Masterstudiengang, aber trotzdem, sicherlich ein Gewinn für den Kurs, ließ Rothman ausrichten, daher die Ausnahmegenehmigung. Es war Zev Swartz.

Anfangs vorwiegend Gespräche mit Kollegen, es gab Paare und andere, die ihre Partner zu Hause gelassen hatten, zwei Monate Freiraum für sie, Alleinstehende waren kaum dabei, man konnte uns an einer Hand abzählen, die einen lebten in Deutschland, so wie ich, andere unterrichteten an amerikanischen Universitäten, fast alle kannten wir einander, große Wiedersehensfreude oder verhaltenes Schulterklopfen. Wiederaufflammende Erinnerung auch an deren Eigenheiten: Die freundliche Linguistin rief aus der Ferne, «ich bin auf dem Weg in die Bibliothek!», Bücherstapel im Arm, so wie meist. Freund Gernot saß kerzengerade da in seinem rosa-weiß gestreiften Hemd, von Studenten umringt; er bade regelrecht in ihnen, hatte eine wenig beliebte Professorin im Vorjahr argwöhnisch bemerkt, und ja, das stimmte: Er badete in ihnen, rotwangig und glückstrahlend. Er wirkte anders als zu Hause in Berlin, heiterer und gelöster, fast selig. Eine auffällige Neue war auch dabei, weißhaarig, emeritiert, scharfsinnig und schroff im Benehmen, ein akademisches Urgestein; einer ließ das Wort *Dinosaurier* fallen, bald schon hieß sie *Urmel*, versteckte Scherze über *Urmel in der Neuen Welt*.

Eine gewisse Gelangweiltheit während der ersten Tage, ich glaubte ja zu wissen, wie der Sommer sich gestalten würde: epische Spaziergänge über die erst saftig grünen, später heuverbrannten Campuswiesen, Sonnenuntergangsbetrachtungen, dutzendfach, an manchen Tagen Kuhdungschwaden in der Luft, ein Konzertabend, eine Opernaufführung, drei Tanzpartys, eine Talentshow. Es war immer das gleiche, beruhigend geradezu. Woche 2 war der Gipfel der schläfrigen Gleichförmigkeit, in Woche 4 zog das Arbeitstempo an, Woche 5 war dann die Hölle, die Studenten waren am Rand des Kollapses und die Dozenten enerviert, in Woche 6 griff eine an Hysterie grenzende studentische Suche nach dem letztmöglichen sexuellen Abenteuer um sich, während die Tage vor der Abfahrt von Melancholie und Sentimentalität erfüllt waren, manchmal sah man Menschen, die weinten.

Die Römerin war endlich angekommen, ich traf sie beim Kopierer. *Römerin* nannte ich sie wegen ihrer azurfarbenen Augen und ihres madonnenhaften Aussehens, rosig und rein und leuchtend wie aus einem florentinischen Gemälde, wegen ihrer Leidenschaft für italienisches Essen und Italien überhaupt, eigentlich hätte sie bestens dorthin gepasst, doch sie lebte in North Carolina, widerwillig, einzig um ihres Mannes willen, der Amerika liebte, auch er unterrichtete hier, beide stammten aus

Ostdeutschland. Die Römerin war meine Vertraute, wir kannten uns seit Jahren. Neben ihr stand Mathilde, deren Brüste immer munter bebten, wenn sie gestikulierte, und sie gestikulierte viel. Die beiden sprachen über Edward Snowden, als ich zu ihnen stieß, die Römerin seufzte, sie wolle nach Europa zurück, Mathilde schimpfte laut, zitternde Brüste, tanzende Hände, ein Herz von einer Frau, ein westfälischer Studententraum, sicher hatten sich schon viele an ihrem Busen ausgeweint, und sei es nur in Gedanken. Sie fragte: «Du hast auch Zev Swartz im Kurs?» «Ja, warum?» Mathilde daraufhin: «Ein extremer Typ.» «Wach», entgegnete ich, «ausgesprochen wach.» Kollege Brock stellte sich dazu, Mathildes bester Freund und Ende dreißig wie sie, ein Mittelalterspezialist mit abgründigem Humor und erwähltem Wortschatz, als hätten sich die Minnelieder in seinem Inneren festgelegt und seien Teil von ihm geworden; manchmal sah man ihn summend über die Wiesen gehen, *Ach, wie ward mir wonnevoll!*, beim Anblick von Liebespaaren wurde er düster: *Lieb' kann nicht ohne Leiden sein.* Brock klagte, dieser Sommer werde wieder unerträglich lang, *Und ewig grüßt das Murmeltier*, ja, sagten wir, sicher, aber das sei doch das Herrliche hier, dass nie etwas passiere, dass man allem enthoben sei, *out of space*.

Es galt, mich an die Wohngemeinschaft zu gewöhnen, an den Anblick des ungeordneten Schuhhaufens im Wohnzimmer neben der Eingangstür des Holzhauses im Wald, welches wir zu viert und manchmal zu fünft bewohnten, wenn Gastdozenten da waren, an voluminöse Männerturnschuhe, Frauensandaletten, Plastikschlappen in allen Farben und Größen, ich hielt ein Plädoyer zugunsten der Ästhetik, drang mit meinen Argumenten aber nicht durch, ergab mich dem allgemeinen Wunsch nach Bequemlichkeit, stellte meine Schuhe dazu, zu Hause in Berlin wäre das undenkbar, keiner von uns mochte die Schuhe des anderen im Wohnungsflur sehen, wir waren uns in der Aversion gegen jeglichen Intimitätsterror einig, vielleicht funktionierte das Zusammenleben deshalb so gut, oder es lag daran, dass wir schon älter waren und seit vielen Jahren aufeinander eingespielt, zudem ohne amouröse Verstrickungen untereinander, vier Einzelpersonen, eher eigenbrötlerisch. Ich musste mich auch an die wuchtigen blauen Mülltonnen gewöhnen, die in der Küche direkt vor meinem Zimmer standen, jeden Morgen als Erstes der Blick auf drei Mülltonnen und jeden Morgen der Vorsatz, sie auf die Loggia des *Mückenlochs* zu schieben, wie ich das marodeste Haus des ganzen Campus nannte, was aber an meiner Trägheit scheiterte und sich auch als unpraktisch erwies.

7. Juli 2013 – Die NSA und der Bundesnachrichtendienst BND stecken unter einer Decke, sagt Edward Snowden im Interview mit dem *Spiegel*. Die Zusammenarbeit werde so organisiert, dass die Behörden anderer Länder «ihr politisches Führungspersonal vor dem Backlash schützen» könnten, falls an die Öffentlichkeit komme, «wie massiv die Privatsphäre von Menschen missachtet wird».

Trotz der feuchten Hitze unternahm ich einen Spaziergang in den Ort hinunter, auf der Brücke blieb ich stehen, von hier aus hatte man den Blick auf den nicht hohen, aber breiten Wasserfall, das Wahrzeichen Miltontowns. Der Fluss war angeschwollen, die berüchtigten Sommergewitter; in der Senke hatte sich Holz angesammelt, ein Angler stand am Ufer. Am Ende der Anhöhe thronte die apostolische Kirche, strahlend weiß, drohend oder schützend, je nach Betrachtungsweise; ich selber hatte Gottesglauben nie verstanden. Auf der Wiese fanden gelegentlich Flohmarktveranstaltungen statt, rührender Krempelverkauf für einen guten Zweck. Davor Backsteinbauten, schmucklos und pur, kaum ein Neubau, das Zentrum Miltontowns war ganz der Historie verpflichtet, das Bankgebäude von einer großbürgerlichen Eleganz, als ob es in Chicagos Innenstadt stünde. Ich ging hinein, nur so, um einen Moment lang in der kühlen Schalterhalle zu sitzen, kein Mensch wunderte sich, es saßen noch andere da, erschöpfte Alte, vor der Schwüle geflüchtet; der ausgediente Tresorraum war hell erleuchtet, polierte Gitterstäbe, ein dekoratives Element inmitten all des Marmors – ich fragte mich, wie es dort wohl vor achtzig Jahren ausgesehen hatte, im Zeitalter der Revolverhelden, als Amerika noch verwegen und utopisch gewesen war. Ich ging an der Dorfbäckerei vorbei zurück Richtung Campus, der schwarz gekleidete Italiener las unter dem Sonnenschirm, auch die drahtige Israelin war da, den Lockenschopf über einen Stapel Hausarbeiten gebeugt, Kollegen aus den anderen Abteilungen, bekannte Gesichter seit Jahren, man nickte oder winkte sich zu, zu Gesprächen kam es kaum, während des Sommers war es verboten, Englisch zu sprechen, sogar die Einheimischen wussten um den Eid, den die Studenten ablegen mussten, einzig in der zu erlernenden Sprache durften sie sich unterhalten, *no English spoken here* war das beliebteste Motiv auf den Shirts, die im College-Laden verkauft wurden, auch auf Bechern und Flaschen, Frisbees und Hoodies, rundum: *no English spoken here*. Jeder trug einen bunten Button am Hemd, unserer war Lila, ein *G* für *German*, Erkennungsmerkmal schon aus der Distanz. Alles sprach ganz ungeniert von *den Franzosen, den Russen* oder *den Hebräern*, jede Abteilung pflegte ihr Image, gar ihr Klischee, bei *den Deutschen* hieß es Intellekt und Text und Ernsthaftigkeit, also Kant, Kafka, Nietzsche, während *die Spanier* sich mit ihren ausgelassenen Salsa-Partys und einem insgesamt entkrampften Lebensgefühl brüsteten und *die Italiener* ganz in den Burlesken der Kunstgeschichte aufgingen, die Eleganz schlechthin zelebrierten. Alle glaubte man irgendwie zu verstehen, nur *die Chinesen* und *die Araber* waren anders, waren fremd, was natürlich lächerlich war, denn schließlich waren auch *die Chinesen* und *die Araber* nur Amerikaner, die eine Fremdsprache studierten.

Am Fuß des Collegehügels wie immer die Frage, welchen Weg ich einschlagen sollte, linksherum oder rechtsherum oder eine der Diagonalen, alles war weitläufig, die Bauten waren über die Wiesen verstreut, fast alle Häuser in Weiß und Grau gehalten, viel Naturstein aus den umliegenden Bergen, sogar die neuesten Gebäude waren daraus errichtet, so wirkte der Campus trotz Architekturstilen aus zwei Jahrhunderten einheitlich. Die Entscheidung fiel auf links, auf dem Weg gab es die meisten Grauhörnchen zu sehen, sie flitzten kreuz und quer über das Gras, die Bäume standen dicht beieinander, Fressfeinde waren chancenlos. Kein Mensch war unterwegs, alle saßen in den Klassenzimmern, *die Portugiesen, die Chinesen*, alle weg. Mein Journalismus-Kurs begann erst um vier.

Ich machte kurz Rast unter einem Baum, einer Blutbuche, den glatten Stamm im Rücken, es war ruhig, nur das Surren der Klimaanlagen war zu hören. In einer halben Stunde würde es Mittagessen geben, es lohnte sich nicht mehr, nach Hause zu gehen. *Die Deutschen* teilten sich eine Mensa mit *den Hebräern*, ausgerechnet, da saß man dann Tisch an Tisch, die Enkel der Täter neben den Enkeln der Opfer, es war ein Hohn. Die meisten der Hebräischstudenten waren amerikanische Juden, viele der Deutschstudenten hatten deutsche Vorfahren, manche jüdisch-deutsche, so wie Zev, es war alles heikel und kompliziert. Zu Diskussionen kam es wegen des Spracheides nicht, man beobachtete einander nur, der Raum für Imagination war groß. Mehrere israelische Dozenten sprachen Deutsch, während nicht ein einziger Deutscher Hebräisch verstand, ein Ungleichgewicht, das bedacht werden musste, war es doch ein stetes Kreisen umeinander. So lästerte niemand über *die Hebräer*, es herrschte ein richtiges *Hebräer*-Tratsch-Tabu, während man sich über die verzogenen Gören *der Russen* wortreich empörte und *die Italiener* für Kalauer geradezu prädestiniert waren, es gab unter ihnen Professoren von einer umwerfend schmierigen Selbstgefälligkeit, mit verspiegelten Sonnenbrillen auf der Nase auch im Abendlicht und affigen Gelfrisuren, eine mediterrane Fünfzigerjahre-Machokultur, bemerkenswert unironisch.

Die ersten Studenten kamen vom Unterricht aus den Gebäuden, allein oder in Rudeln, manchmal radelte einer. Da ging Deb, *das Früchtchen,* ein auffälliges Mädchen, stets gut gelaunt und knapp bekleidet, blitzend weiße Zähne, glattes dunkelblondes Haar, ein grazilés Blumen-Tattoo, das sich von der Fessel in anmutigen

Windungen das Bein hochrankte und irgendwo unter den Shorts verschwand, wo genau die Kunst endete, war die Frage; viele waren scharf auf die selbstbewusste Schöne. Neben dem Früchtchen José, dahinter unbekannte Leute, und dann kam auch schon Zev. Er überholte die Gruppe und schloss sich José und Deb an, war wohl auch an Deb interessiert, ich folgte ihnen, wollte sehen, wie sie sich untereinander verhielten. Das Früchtchen tänzelte so leichtfüßig wie José, heiter, die beiden. Zevs Schritte waren schwerer, er hob die Füße kaum, schob sie nah über den Boden hinweg, die Knie nie durchgedrückt, den Kopf leicht vornübergebeugt, sein Gang hatte etwas Schleichendes. Er blieb stehen, schlüpfte aus den Schuhen, hielt sie an den Schnürsenkeln und eilte den beiden anderen hinterher; sie hatten nicht auf ihn gewartet. Schuhe schienen ihm Fremdkörper zu sein, barfuß bewegte er sich geschmeidiger, schleichend noch immer, aber mehr wie eine Wildkatze, ganz dem Boden verhaftet und dennoch auf der Hut, oder wie ein Wolf, wie es der Bedeutung seines Namens entsprach, Zev, der Wolf. Er schwieg, José war wohl der Unterhalter, gestikulierte, Deb lachte ihr helles Mädchenlachen. Sie gingen die breiten Stufen zwischen den Blumenrabatten hinunter, Deb hüpfte von Tritt zu Tritt. Die Mensa lag am untersten Ende des Campus, davor ein Platz mit Metalltischen und blauen Sonnenschirmen, dahinter der ambitionierte Bau, organische Formen in Beton, ein vielfach geschwungenes Grasdach darauf, überhohe Fensterrahmen aus Ahornholz, in den umliegenden Wäldern geschlagen, insgesamt ein anthroposophischer Look, das College warb mit seiner ökologischen Fortschrittlichkeit, obwohl die Eier in der Mensa aus Käfighaltung stammten, von einem Betrieb, der beides züchtete, Käfig-Hühner zum einen, Bio-Hühner zum anderen, man konnte nur hoffen, dass die Unglücklichen nicht zu den Glücklichen hinüberspähen konnten, ein Trauerspiel, vor zwei Jahren mit den Studenten recherchiert, doch der Protest war in den Mühlen der Administration versackt, auch Rothman hatte nichts dagegen unternommen, nur betreten die schrecklichen Fotos angeschaut, die Kosten, die Kosten. Zev eilte drei Schritte voraus, öffnete die Tür für Deb und José. Ich nahm draußen Platz. Nur wenige Studenten aßen im Freien, ihnen wurde schnell zu warm, die Faustregel war simpel: die Amerikaner drinnen, die Europäer draußen. Zev ließ die Tür hinter dem Früchtchen zufallen und drehte sich um. «Ich komme zu dir», sagte er und platzierte seinen roten Rucksack auf dem Nebenstuhl, die Schuhe ließ er zu Boden fallen. Ich hätte mit dieser Duzerei nicht anfangen, beim *Sie* bleiben sollen wie die anderen Dozenten auch. «Ja», sagte ich, «komm zu mir.»

8. Juli 2013 – Bolivien, Venezuela und Nicaragua bieten Edward Snowden politisches Asyl an, nachdem der Whistleblower in 27 Staaten Asylanträge gestellt hat, die entweder nicht kommentiert oder abgelehnt worden sind. Der venezolanische Präsident Nicolás Maduro erklärt, Snowden solle in das «Vaterland von Bolívar und Chávez kommen», um «frei von der imperialistischen Verfolgung Nordamerikas» leben zu können.

Der Kursraum lag im Souterrain eines historischen Gebäudes, halb geschlossene Jalousien hingen vor den schmalen Kellerfenstern, manchmal sah man die Beine eines Gärtners oder Handwerkers, der an der Hauswand vorbeiging, sonst nur Grashalme, wöchentlich gestutzt. Dunkler Teppichboden, dunkle Wände, eine introvertierte, düstere Angelegenheit, die Tische waren wie in einem Konferenzraum gestellt, wir saßen im Oval, hatten einander im Blick. Ich stellte die scheppernde Klimaanlage aus, der Lärm machte mich verrückt, die Amerikaner störte er nicht, einige sagten vielmehr, er beruhige sie; dann plötzlich Stille, nur Atemgeräusche, schlagartig waren wir hineingeworfen in einen Raum der Intimität.

Wie immer als Erstes die tägliche Presseschau. Jeder Student berichtete aus seinem Ressort, Zev war als Vorletzter dran. «Er hat gefragt für Asyl in Venezuela, auch gibt es keine Bilder von ihm aus dem Transit», sagte er, «das ist seltsam, jemand muss ihn doch gesehen und ein Foto von ihm genommen haben, wie kann man im Moskau Flughafen anonym bleiben?» «Der ist abgehauen, die

Russen haben ihn heimlich weggebracht», antwortete Leonard, «der ist ein russischer Spion sowieso.» «So ein Quatsch», rief Zev, «warum soll er ein russischer Spion sein, nur weil er gegen die amerikanische Regierung ist?» Böse Blitze schnellten hin und her, die beiden gerieten seit Tagen aneinander. Viel maskuline Energie diesen Sommer. Sonst herrschte immer ein Frauenüberschuss im Kurs, dieses Mal waren es vier Männer und drei Frauen. Deb sagte nichts, auch José schien keine Meinung zu haben, er ließ an seinen langen Fingern die Gelenke knacken, dekorativ in den Stuhl geflätzt, auch er ein Früchtchen, bei Lichte besehen. Lisa schien überlegen zu müssen, was der Allmächtige zu den Taten des Whistleblowers sagen würde, war der nun gut, weil er etwas moralisch Untadeliges zu tun glaubte, oder war er schlecht, weil er die Nation verriet, die ja aus Gott geboren war? Immerhin dachte sie nach. Lisa hatte das Wirtschaftsressort übernommen, was nicht erstaunlich war, diese fundamentalistischen Protestanten waren wirtschaftsorientiert bis in die Knochen, Erfolg für die Fleißigen und Auserwählten, Geld als Symbol der Wertschätzung Gottes. Zev hatte sich so selbstverständlich für Politik wie Deb für Gesellschaft gemeldet, José war es völlig gleichgültig gewesen, wofür er eingesetzt wurde, also betreute er den Sport, die versponnene Sally die Kultur und der schüchterne Marcus das Medienressort.

Ein Spiel, natürlich, aber eines, das den ganzen Sommer über laufen würde, bis zu jenem Mittwoch in Woche 7, an dem die Zeitschrift, die wir entwickelten, gedruckt werden würde.

Ich stoppte die Diskussion. «Leonard, was gibt es Neues aus der Wissenschaft?» Die Presseschau musste zügig gehen, zumal man die ganze Stunde über die neuesten Entwicklungen im Moskauer Flughafen hätte reden können. Je länger diese NSA-Sache andauerte, desto interessanter und klüger waren die dazu erscheinenden Artikel, die deutschsprachigen Medien hatten Feuer gefangen, im Gegensatz zu den amerikanischen, die dem Whistleblower keine Plattform bieten wollten oder von der Regierung dazu angehalten worden waren, ihm keine zu bieten, beides war möglich. Leonard machte einen übernächtigten Eindruck, nur im Kampf mit Zev schien er kurz aufzuwachen, danach fiel er wieder in sich zusammen, der hünenhafte Muskelmann. In seiner Tasche hortete er Energiedrinks in futuristischen Dosen, literweise Koffeinschübe, fast beunruhigend. Leonard verweigerte das Essen in der Mensa, er erschien nur zum Frühstück und hob fünf Spiegeleier auf seinen Plastikteller mit Blümchenrand, drei Eier aß er ganz, bei zweien nur das Eiweiß, die abgetrennten Dotterkreise ließ er unberührt, irgendwann würde jemand vom Küchenpersonal das beanstanden, jeden Morgen dasselbe Ritual. Wovon er sich sonst ernährte, war rätselhaft, er schien eine Obsession mit Proteinen zu haben, wegen seines Fitnesstrainings müsse er viele Steaks essen, sagte er, am besten drei am Tag. Man sah ihn häufig in seinem Mercedes vom Campus wegfahren, wahrscheinlich zu einem der beiden Fast-Food-Restaurants an der Ausfallstraße. Leonard war älter als die anderen und der einzige Schwarze im Kurs, einer der wenigen Afroamerikaner an der Sommeruniversität überhaupt, Miltontown ein Hort der Weißen; er stammte aus Chicago. Proteindiät und Training zeigten Wirkung, Leonard hatte den Körper eines Gewichthebers, ausgearbeitet bis ins Letzte, Oberschenkel rieb sich an Oberschenkel, er bewegte sich mit Bedacht, in eng anliegenden, glänzend weißen Hosen und Shirts mit winzigen Luftlöchern drin, immer frisch duftend, mehrmals täglich geduscht, sowieso wurde hier andauernd geduscht. Zev kritzelte missmutig vor sich hin, während Leonard matt ein Minutenreferat über Manganknollenfunde im Pazifik hielt. Die Gruppe ärgerte sich mehr über Zevs lautstarke Empörung als über die Aktivitäten der NSA, das war offensichtlich. Zev schien entnervt, so wie die anderen auch, er von ihnen, sie von ihm. Das konnte in den nächsten Wochen unangenehm hochkochen, zumal er sich entschieden hatte, für das geplante Heft den ultimativen Spionage-Artikel zu schreiben, wild entschlossen, die Hintergründe zu recherchieren, den zehn Jahre älteren Whistleblower Edward Snowden in seiner Arbeit zu unterstützen, und sei es nur im Kleinen, in einer College-Zeitschrift mit einer gedruckten Auflage von vierzig Stück.

10. Juli 2013 – Für Bundeskanzlerin Merkel gibt es «überhaupt keinen Vergleich zwischen der Staatssicherheit der DDR und der Arbeit der Nachrichtendienste in demokratischen Staaten», sagt sie im Interview mit der *Zeit*.

Heimlichkeiten auch auf dem Campus, nicht nur in der Weltpolitik. Ein verstohlenes Gespräch hinter dichten Büschen, damit einen bloß niemand sah, kiffenden Teenies gleich. Wir flüsterten auf Englisch, die verbindende Sprache, John stammte aus New York, wir waren im selben Alter, bei *den Hebräern* gab es viele, die spät mit dem Spracherwerb begannen. John wollte nach Israel reisen, auf den Spuren der eigenen Geschichte, die er bis dahin nicht als wichtig für sein Leben empfunden hatte, erst allmählich sei dieses Verlangen in ihm erwacht, er hatte mit Ende vierzig aufgehört zu arbeiten, war erfolgreicher Broker gewesen, eine Business-Biografie in Manhattan, jetzt war er frei von Verpflichtungen, frisch geschieden, Geld in Fülle; ein attraktiver Mann. Wir hatten uns am ersten Tag unterhalten, als noch kein Eid zum partiellen Schweigen verpflichtet hatte. Im Unterricht zu sitzen und nichts zu verstehen, auch nicht nachfragen zu können, weil einem die Worte fehlen, das sei hart und aufregend zugleich. Zu lernen wie ein Kleinkind, sich Wort für Wort neu zu erkämpfen, eine sehr schleppende Erweiterung des eigenen Horizonts. Beim Essen sah man sie stumm da sitzen, die Anfänger aus allen Abteilungen, aus manchen Gesichtern schrie die pure Verzweiflung; wann hatte man das schon, sprechen zu wollen und nicht zu können. Menschen gingen schwatzend an den Büschen vorbei. Kurz warten, dann schnell weg, bevor uns einer entdeckte. Wir schlenderten in unterschiedliche Richtungen davon, fast wollte ich pfeifen. Das kleine Glück des Verbotenen.

12. Juli 2013 – Innenminister Hans-Peter Friedrich ist für 24 Stunden nach Washington geflogen und hat «den amerikanischen Freunden klar gesagt, dass wir es nicht akzeptieren könnten, wenn die NSA gegen Gesetze in Deutschland verstoßen würde». Seine Reise gerät nicht nur im Netz zur Lachnummer.

Helle Aufregung im Kurs. Zev hatte sich vor die Klasse gestellt und referierte, ereiferte sich, war erbost, redete laut und schnell. Die anderen starrten ihn an. Der bedrohliche Glanz des Leidenschaftlichen, ein Hauch von Wahnsinn auch; der Kursraum war seine Bühne, wir sein Publikum, halbwegs atemlos. Edward Snowden war im Flughafen von Moskau vor die Öffentlichkeit getreten, kein Phantom mehr, sondern plötzlich real. «Er ist ein Held», sagte Zev. «Er ist ein Verräter», sagte Lisa. Und

Leonard: «Er ist eine Bedrohung für Amerika.» Es war drückend heiß, alle schwitzten, waren nicht nur innerlich erhitzt; sie spürten, dass ich ganz auf Zevs Seite war, sahen, dass seine Erregung auch bei mir ein Fieber auslöste und wir uns auf einem gemeinsamen Pfad befanden. «Microsoft hat ihnen gegeben die Zugangsdaten zu unseren Mail-Adressen! Die arbeiten mit der NSA zusammen!» «So und», winkte Leonard ab, «ich habe keine Geheimnisse.» «Ich auch nicht!», rief Lisa, «er gehört ins Gefängnis, man muss ihn verhaften.» «Die kriegen den sowieso, die CIA ist nicht doof ja, der wird liquidiert», warf José ein, er saß abseits von den anderen. Zev sagte nichts mehr, ging auffallend langsam zurück an seinen Platz, zog die Schultern hoch, wirkte wie ein alter Mann. Der Rest der Stunde gestaltete sich schwierig, plötzlich waren alle wortkarg, nur Deb versuchte, die Anspannung mit munteren Bemerkungen aufzubrechen, Marcus guckte freundlich, während Sally Fingernägel kaute.

Ich telefonierte mit dem britischen Fotografen Ommanney, der während der achtjährigen Präsidentschaft von George W. Bush für ein englischsprachiges Nachrichtenmagazin Korrespondent im Weißen Haus gewesen war und Barack Obama neunzehn Monate lang fotografisch durch den Vorwahlkampf begleitet hatte. Ein Mann also, der beide Präsidenten gut kannte. Ommanneys erstaunliche Aussage: «*I did the first hundred days of Obama as president and could have stayed on it but I realized literally on day two this was going to be a whole different period in America, and it had no interest on me. The Obama administration are very smooth operators, and what came with that was control.*»

Eine deutsche Dichterin mit Migrationshintergrund war angekündigt worden. Sie sollte eine Woche lang mit den Studenten Texte analysieren und Gedichte schreiben. Dabei hatten wir doch einen Dichter unter den Dozenten. Einen maßgeblichen sogar, so nannte ich ihn auch: den *Maßgeblichen.* Der Maßgebliche saß ebenfalls gerne draußen vor der Mensa, eigentlich verbrachte man den ganzen Sommer miteinander, das war schon die letzten Jahre so gewesen. Nach dem Essen stoben alle davon, nur wir verweilten unter den blauen Sonnenschirmen, der Maßgebliche, Zev und ich. Die Mitbewohnerin hatte am Vorabend gefragt, ob es nicht lästig sei, dauernd diesen einen Studenten um sich herum zu haben: «Er klebt ja richtig an dir.» Nein, erstaunlicherweise sei es nicht lästig, hatte ich geantwortet, jedoch verschwiegen, dass eine Lücke klaffte, wenn er ausnahmsweise fehlte.

Dann die erste Dichterinnenlesung, eine Pflichtveranstaltung. Schnell wurde klar, wir mochten sie nicht, sie wirkte eitel. «Alltagsprosa», sagte die Mitbewohnerin, eine Romantik-Spezialistin. «Migrationsbonus», sagte der Maßgebliche, «kein Hahn krähte sonst nach ihr.» «Komplett überschätzt», sagte Freund Gernot, diesmal in blau-weißem Hemd mit extrabreiten Streifen. Die Dichterin sprach über den Kraftakt, den das Schreiben sie koste, das morgendliche vor allem. Schreiben bis zur physischen Erschöpfung, dann ein leichtes Mittagessen. Augenbrauen schnellten in die Höhe, Zwinkern ringsum. Urmel schnaubte nur. Alle hier schrieben, das ganze Jahr über, Wissenschaftstexte, Vorlesungen, Romane, Sachbücher, Lyrik. Die Studenten hingegen schienen beeindruckt. Schreiben bis zur völligen körperlichen und geistigen Verausgabung, so musste es sein.

Die NSA kam auf den Campus, eine Werbeveranstaltung, der Anschlag hing seit Tagen am Schwarzen Brett, so wie jedes Jahr, nur hatte früher keiner darauf geachtet, wer hatte denn schon gewusst, was die NSA war? Die Behörden wollten Studenten akquirieren, *Miltontown College* ein geeignetes Terrain, all die sprachbegabten jungen Menschen. Für die Interessenten wurde der Spracheid aufgehoben. «Ich gehe hin und befrage sie hart», verkündete Zev. «Du gehst hin und tust so, als ob du dich für eine Laufbahn bei der NSA interessierst», sagte ich. «Inkognito?» «Inkognito.» Er war aufgeregt, freute sich. «Dann muss ich mich jetzt duschen.»

Zwei Stunden später sahen wir ihn den Weg entlanggehen, rasiert, Schnauz und Bart gestutzt, die glänzenden Haare artig zusammengebunden, ein gebügeltes weißes Hemd über ockerfarbener Hose, ein Notizbuch in der Hand. Ihn aus der Ferne zu beobachten, war wohltuend entspannt, anders, als wenn er in der Nähe war, wo jeder Blick auf ihn schon zu viel war, Studenten anstarren, das war schlicht unmöglich, niemand von uns tat das, auch wenn es abends durchaus Gespräche über die Attraktivität des einen oder der anderen gab und auch Erzählungen über die entfesselten Dozenten von früher, alles Männer selbstverständlich, die sich Jahr für Jahr im College eingefunden hatten, um den Sommer über Studentinnen anzuhimmeln und auch mehr, gerne hatten sie ihre Liebschaften hier gepflegt, gerade die Schriftsteller, die ihre Lesungen als Veranstaltungen für Groupies anlegten, was die Romantik-Spezialistin dazu veranlasste, ihren Mann anzufauchen, er könne sich *ja auch so ein junges Fötzchen suchen*, von beschlagenen Autoscheiben war die Rede und von geheimen Treffen hinten im Friedhofswald. Heutzutage wäre das alles undenkbar, sogar einen *anti-harassment*-Test musste jeder Lehrende ablegen, da wurde geprüft, ob man wirklich verstanden hatte, dass in dieser Richtung gar nichts ging, die Zeit der Grabscher war vorbei, die Zeit der einvernehmlichen Liaisons aber auch. Der Blick auf ihn daher nur verstohlen, dieses Erfassenwollen eines Menschen, den man nicht gut kennt, von dem man nicht weiß, ob man ihn jemals so kennenlernen würde, wie man ihn vielleicht kennenlernen wollte, den Körper nach und nach mit den Blicken ertasten, weniger ein Abschätzen, ein Bewerten, als vielmehr ein Vertrautwerden mit dem Fremden, das sich im Laufe der Zeit in etwas Bekanntes wandelt, sodass man die Hand zurückhalten muss, die sich ganz selbstverständlich ausstrecken möchte, um zu fühlen, ob die Haut rau ist oder zart, ob Jungmännerhaare noch kindhaft seidig oder schon drahtig grob sind, überhaupt spüren, wie ein junger Mensch sich anfühlt, ob sich so etwas im eigenen Gedächtnis verankert hat, ein schlagartig wieder hervorgerufenes Wissen, vor vielen Jahren in erregenden und doch unbedarften Stunden erlernt, als man selber zwanzig und sich seines jugendlichen Körpers gar nicht bewusst gewesen war, keine von uns Gleichaltrigen hatte gedacht, sie sei schön und geschmeidig und prachtvoll, wir hatten uns nicht als perfekt wahrgenommen, obwohl wir es doch waren, im Gegensatz zu dem, was wir heute sind, die Jungen genauso wie die Mädchen.

16. Juli 2013 – «Sie haben alle anderen Länder so in Angst versetzt, dass niemand ihn haben möchte», kritisiert Staatschef Wladimir Putin die USA laut Interfax. Ob Edward Snowden Russlands Asylangebot annehmen wird, ist nicht endgültig geklärt.

Knapp dreißig Leute seien bei der Informationsveranstaltung gewesen, auch Lisa, erzählte Zev beim Essen. Eine Frau, eine Russlandspezialistin mit einer seltsamen Frisur, habe sie geleitet. Ihr erster Satz: *This is about jobs not about leaks.* Damit sei ganz klar geworden, dass über Snowden nicht geredet werden dürfe. Er habe trotzdem höflich gefragt, ob sie sich keine Sorgen mache, dass das Ansehen des Landes in der Welt aufgrund des Skandals leide. *We protect our country. We are proud of what we are doing.* Von da an sei er nicht nur von ihr, sondern auch von den Studierenden misstrauisch beäugt worden, eine Wand der Kälte habe sich zwischen sie und ihn geschoben, Lisa habe ihn richtiggehend fixiert, der Name Snowden sei im Übrigen kein einziges Mal gefallen. Eine Studentin der chinesischen Abteilung habe eingeworfen, sie habe einheimische Freunde in China, ob sie mit denen, wenn sie bei der NSA arbeiten würde, weiterhin in Kontakt bleiben dürfe. *No!* Die Studentin sei enttäuscht in den Stuhl zurückgefallen; eine weniger für den Geheimdienst. Wie lange sie denn schon für Russland zuständig sei, habe Zev die NSA-Frau gefragt. Zwanzig Jahre, habe sie geantwortet. Und wie oft sie in diesen zwanzig Jahren in Russland gewesen sei? Noch nie, habe sie gesagt.

Einer aus der hebräischen Abteilung starrte dauernd zu uns herüber. Einmal schlich er um unseren Tisch, glotzte unverschämt, mit offen stehendem Mund. Er war kaum älter als zwanzig, seine Baseballmütze trug er verkehrt herum.

«Er ist aus der Zeit gefallen», sagte die Römerin, «eigentlich gehört er in die Siebzigerjahre.»

«Zev ist kein richtiger Student, er ist eher einer von uns», sagte Kollege Brock.

«Er treibt mich in den Wahnsinn mit seinen Fragen», sagte Mathilde.

«Beliebt macht er sich bei den anderen aber nicht, wenn er sich immer zu den Professoren setzt», sagte die Mitbewohnerin.

«Man will nicht glauben, dass er erst zwanzig ist. Er sieht eher aus wie dreißig», sagte Freund Gernot.

«Ein Schwätzer», sagte Urmel.

«Er soll nach Europa ziehen, da passt er besser hin», sagte der Maßgebliche.

«Ich bin eine alte Seele», sagte Zev. «Und wenn es mit den Frauen nicht klappt, dann bleibe ich halt mein Leben lang allein und lese Marx.»

Nachts lief ich durch den Wald nach Hause, um die Laternen tanzten Mücken, Grillen zirpten, Kojotengeheul ganz in der Nähe, furchterregend, besser, den Schritt zu beschleunigen. Etwas huschte über den Weg, ich erschrak, doch es war nur ein Hund, ein hellbraunes Tier, mittelgroß. Dem Hund folgte ein Mann, ein alternder Hippie, wie unschwer zu erkennen war. Hippies gab es in der Gegend viele, vor allem im Rentenalter, die langen Haare zu daumendünnen Pferdeschwänzen zusammengebunden, Männer wie Frauen. Sie waren vor Jahrzehnten aus allen Landesteilen in den Nordosten gezogen, nach Maine, New Hampshire oder Vermont, wenn sie sich nicht nach kalifornischer Sonne, Strandleben und Kiffen sehnten, sondern nach ausgeprägten Jahreszeiten mit brachialen Wintern, lang und schneereich, nach Bauerntum, selbst gezogenem und in Kooperativen verkauftem Gemüse, nach Patchworkdecken und aus der Wolle hiesiger Schafe gefertigten grobmaschigen Pullovern, nach Schneemobilen und Ahornschnaps; Haschisch rauchen konnte man schließlich auch vor loderndem Kamin.

Der Hund kam näher, setzte sich auf meine Füße, was sonst nur Möpse tun, ein erstaunliches Verhalten für ein doch recht großes Tier. Der Hippie entschuldigte sich, der Hund habe Angst vor den Kojoten. Er stellte sich vor, er heiße Dave. «*Nice to meet you.*» Dave war hoch aufgeschossen und hager, hängende Schultern, ein in sich gekrümmter Mensch, mindestens sechzig Jahre alt. Er trug ein besticktes weißes Hemd über weich fallender Hose, hatte weißes langes Haar, selbstverständlich zusammengebunden, noch sehr dicht. Auffällig sein präzise gearbeiteter Schnurrbart, ein waagerecht gezwirbeltes Kunstwerk in Schwarz, wahrscheinlich mit Indigo gefärbt.

Wir blieben unter der Laterne stehen. Dave war sowohl redefreudig als auch schüchtern, eine eigentümliche Mischung. Auf einen Wortschwall folgte ein verschämtes Wegdrehen, er starrte auf den Boden oder auf seinen Hund, hörte zu, doch ohne Blickkontakt, um dann auf jede Frage mit einem neuerlichen Ausbruch zu reagieren und das Gespräch in eine andere Richtung zu lenken; so hüpften wir von Thema zu Thema, angestoßen durch seine Gedankensprünge, denen ich problemlos folgen konnte, da selber kaum in der Lage, ein Gespräch ohne Abschweifungen zu führen, ein unkonzentrierter Mensch auch ich. Dave entpuppte sich als echter Linker, als ein mit allen Strömungen des Marxismus vertrauter Aktivist, gar als Separatist. Er war Mitglied einer Gruppierung, die eine Abspaltung Neuenglands von den übrigen USA zum Ziel hatte. *Atlantic State* sollte die künftige Nation heißen, der auch die östlichsten Teile Kanadas angehören würden, einschließlich Neufundlands und Labradors. Schließlich habe man mit aufgeklärten Kanadiern mehr gemeinsam als mit gottesfürchtigen Rassisten aus Alabama, sagte er, zudem könne die Geschichte stets neu geschrieben werden. Er fragte, in welcher Abteilung ich beschäftigt sei. Deutsch, sagte ich, ein Journalismuskurs.

Dave wechselte sofort ins Deutsche, verlegen und auch stolz, erzählte von seinen aus Lüdenscheid eingewanderten Großeltern, sein Wortschatz war allerdings eher bruchstückhaft. Das Kojotenrudel hatte sich entfernt, das Geheul kaum noch hörbar, der Hund jagte Glühwürmchen hinterher. Eigentlich wäre es Zeit gewesen, sich zu verabschieden, doch dann kam Snowden als Thema auf, wieder auf Englisch. Dave, so viel war klar, regte sich auf. Er wippte mit seinem langen Körper vor und zurück, während er sprach, die Arme schlingerten, und der Schnurrbart zitterte unter seinen fieberhaften Ausführungen. Wie beglückend, endlich noch einer außer Zev, der sich echauffierte. So erklärte ich es Dave auch. Nur ein Einziger empöre sich, der Jüngste von allen, gerade zwanzig geworden, der Bengel; ein Jude aus New York und auf dem besten Weg, ein Intellektueller zu werden, wollte ich sagen, ließ es aber bleiben, weil man zwar blumig umschreiben durfte, dass jemand ein Jude aus New York war, es aber besser nicht sagte, auch wenn Zev es selber gern betonte. Bloß keinen Diskriminierungsverdacht am College aufkommen lassen, das war uns Jahr für Jahr eingetrichtert worden, also wurde nicht über Religion gesprochen und auch nicht über Politik, über die Hautfarbe schon gar nicht, geschweige denn über sexuelle Orientierung, alles heikle Themen, aber worüber sollte man dann sprechen in diesem Land der Diversität, über Sport? Den anderen sei die staatliche Überwachung vollkommen gleichgültig, beklagte ich mich, mehrere forderten sogar eine Bestrafung des angeblichen Landesverräters. Ignoranten, wetterte Dave, die Amerikaner seien das ignoranteste Volk der Welt und die Studenten so stumpf wie der Rest der Nation. «*My son is working for the NSA*», sagte er schließlich und blickte peinlich berührt zu Boden. Betretenes Schweigen. Glühwürmchen. Grillen. Der Hund. Dann brach es aus ihm heraus: Sein Sohn sei ein netter Junge, der nur das Beste für das Land wolle, aber was da geschehe und was Snowden bislang an die Öffentlichkeit gebracht habe, sei nur ein Bruchteil dessen, was der Geheimdienst tue, wir würden uns alle noch wundern, und ja, man müsse Angst haben, er habe Angst, ungeheure Angst, sicher fühle er sich eigentlich nur im Wald, darum gehe er so oft spazieren, auch nachts, der Wald sei der einzige Ort, an dem man nicht überwacht würde, er selbst sei wegen seines Sohnes monatelang beschattet worden, ein Albtraum, das alles. Seine Stirn war schweißnass, es war sogar im Laternenlicht zu sehen. Ob, fragte ich, Zev mit ihm sprechen dürfe, allerdings auf Deutsch, ein paar Kommentare vielleicht, von ihm als kritischem Geist, nur für die College-Zeitschrift, selbstverständlich auch anonym, für den Jungen wäre das ein großer Gewinn, sie beide würden sich bestimmt blendend verstehen. Warum nicht, sagte Dave nach kurzem Zögern,

Freitag um eins würde ihm passen, er arbeite in der Bibliothek: «*I am the technology guy.*» Stummes Staunen. Ein Hippie in geordneten Arbeitsverhältnissen, ein Computerspezialist. Ich streckte ihm die Hand hin, auch wenn die Geste in diesem Land unangemessen wirken musste, ein kumpelhaftes Schulterklopfen angebrachter wäre, mitten im Wald. Er zögerte, ergriff unvermittelt meine Hand, ein wenig ungelenk, schüttelte sie dann, als ob diese Vertraulichkeit den Pakt, den man im Gespräch geschlossen hatte, besiegeln würde; so war es auch gemeint gewesen, als freundliche Verbindlichkeit.

Nachts im Bett musste ich der Verlockung widerstehen, Zev anzurufen, um ihm zu berichten, es sei aus dem Nichts heraus ein Informant aufgetaucht, ein Zufall, und was für ein Informant, ein direkter Zugang zur NSA, das war doch mal was! Am nächsten Tag erzählte ich ihm von der Begegnung, Zev hörte erwartungsvoll zu, wollte jede Einzelheit wissen, sah dem bevorstehenden Treffen mit Dave begierig entgegen, wollte am liebsten sofort zur Bibliothek losstürzen; nein, heute nicht, erst Freitag um eins, sagte ich, bitte nicht so ungestüm. Nachmittags der Bericht in der Klasse, sogar die Gruppe ließ sich von der Aufregung anstecken, fast hatte man das Gefühl, sie freuten sich für ihn, den sie doch eigentlich gar nicht mochten.

17. Juli 2013 – Ein Bündnis aus amerikanischen Bürgerrechtlern und anderen Gruppierungen hat bei einem Gericht in Kalifornien Klage gegen die NSA eingereicht. Die Sammlung von Telefondaten sei illegal und verstoße gegen den ersten Zusatzartikel der Verfassung der USA, der die Versammlungs- und Meinungsfreiheit garantiere.

John kam an den Tisch, kein Mensch zu sehen außer uns, es war noch früh. Er kauerte sich hin, ich beugte mich vor, wir flüsterten auf Englisch, eher hektisch, mit schlechtem Gewissen. Wie es ihm gehe? Anstrengend und anspruchsvoll sei es, der Enthusiasmus der ersten zwei Wochen verflogen, aber in Ordnung, alles in allem. Der Junge mit der umgedrehten Baseballmütze stand plötzlich da, anklagend starrend, John sprang auf und eilte davon, *«hey, hey, hey»*, murrte der Junge ihm laut hinterher. Zev setzte sich dazu. «Wer war der Typ?», fragte er. «John von den Hebräern», sagte ich. «Ein Professor?», fragte Zev. «Nein, ein Student.» Der Baseballmützenjunge blieb weiter stehen, behielt uns im Blick. «Und wer ist dieser Typ eigentlich?», fragte ich. «Einer vom Mossad wahrscheinlich», sagte Zev. Verhaltenes Lachen, man wurde schon ganz paranoid hier. Der *Mossad* starrte uns immer noch an, lästig war das und auch bedrohlich, nicht, dass John Ärger bekam. Studenten, die mehrmals beim Englischsprechen ertappt wurden, konnten des Programms verwiesen werden.

Seit Tagen ging unter den Dozenten das Gerücht, dem Essen werde ein Abführmittel beigemengt. Rundum also ernsthafte Verdauungsgespräche, man wurde in allerlei gastroenterologische Abgründe eingeweiht. Freund Gernot vermutete ein Pulver im Fruchtsalat, er wollte Spuren davon gesehen haben. Das werde an vielen Universitäten so gehandhabt, behauptete einer, die Studenten sollten die Nahrung möglichst kurz im Körper behalten; falls es jemals zu einer Lebensmittelvergiftung komme, erledige sich das Thema in Windeseile quasi von selbst. Der Grund sei natürlich nicht die Sorge um das Wohlergehen der Studenten, sondern die Angst vor elterlichen Klagen und Schmerzensgeldforderungen, wie immer in diesem Land.

Abends ins Fakultäts-Kino. *Das Leben der Anderen,* einmal mehr. Zev setzte sich in den Sessel neben mir, Segelschuhe, Jeans, Tank Top. Er beugte sich vor, die Arme über die Lehne des Vordersitzes gelegt. Später, draußen, saß er mir gegenüber. Die Gruppe am Nebentisch sprach über den Film, es war bald Mitternacht. Zev lehnte sich weit zurück, verschränkte die Hände hinter dem Kopf. Dichtes schwarzes Haar unter den Achseln, nicht gestutzt, wie sie es heutzutage taten, die Amerikaner sowieso. Wenn er sich bewegte, streifte das Licht der Laterne über die haarige Schwärze, verfing sich darin:

Obszönität des Natürlichen. Jäh überfiel mich die Erinnerung an einen Freund, vierzigjähriger Botanik-Professor in Wien, der an einem Studenten interessiert war. Sie treffen sich nachmittags in einem einschlägigen Café, der Student sitzt ihm gegenüber, sich unablässig räkelnd, bis der Freund bemerkt, dass der Junge ihm seine Erektion zeigen will, die steife Pracht, die vom Slip umwölbt aus der Jeans lugt, *bis zum Bauchnabel hoch*, wie der Freund später fassungslos erzählte, als die Affäre, die ihn beinahe um den Verstand bringen sollte, ihren Anfang nahm. Nie hätte ich geglaubt, dass mir Ähnliches zustoßen könnte.

«Dir ist schon klar, dass der Junge in dich verliebt ist?», sagte die Römerin. «Das ist unmöglich», antwortete ich, «ich könnte seine Mutter sein.» «Ich habe gesehen, wie er dich anschaut», sagte sie, «glaube mir.» Klammheimliche Freude über diese unerwartete Bestätigung des eigenen Verdachts.

19. Juli 2013 – Angela Merkel antwortet auf der Bundespressekonferenz auf die Frage, ob sie das Gefühl habe, ihr Handy werde abgehört: «Nein. Um jetzt noch einmal klar etwas dazu zu sagen, was wir über angebliche Überwachungen auch von EU-Einrichtungen und so weiter gehört haben: Das fällt in die Kategorie dessen, dass man so etwas unter Freunden nicht macht. Das geht nicht.»

«Er war nicht da!» Ein fassungsloser Zev. «Hat er eine

Nachricht zurückgelassen?», fragte José. «Nichts! Er hat spontan eine Woche freigenommen.» «Eine ganze Woche! Einfach so? Da ist etwas falsch», sagte Deb, die anderen pflichteten ihr bei. Daves schweißnasse Stirn, diese alles überlagernde Nervosität, seine Rede vom Wald als einzig sicherem Ort überhaupt, und nun dieses Abtauchen: Der Mann hatte offensichtlich Angst. Er hatte sich wohl zu etwas hinreißen lassen, was er nie hätte tun sollen, schon das Gespräch mit einer Fremden im Laternenschein zu vertraulich, von einem Interview mit einem Studenten ganz zu schweigen. Vielleicht hatte ihm auch der Sohn gedroht. Man wusste es nicht. Zevs Enttäuschung war groß. Was sollte aus seinem Artikel werden, ohne Informant? Er könne Dave zu Hause aufsuchen, schlug er schließlich vor. Nein, sagten die anderen, das wäre dreist. «Nein», sagte ich, «wenn einer nicht will, darf man ihn nicht zwingen.»

Zev wollte alles noch einmal hören, das ganze Gespräch mit Dave musste rekapituliert werden, auf Englisch, damit nichts verloren ging. Vor allem die Geschichte von der Beschattung wegen des Sohns: War das in der Vergangenheit gewesen oder erst kürzlich passiert? Wo lebte der Sohn? In Maryland, beim Hauptquartier der NSA? Ich versuchte, mich genau an Daves Worte zu erinnern; Zevs eindringlicher Blick hinter der Brille, fordernd, er erwartete präzise Antworten, wir sprachen leise. Seine ungeheure Präsenz – plötzlich verstand ich, was der Ausdruck bedeutet: *In jemandes Bann geraten.* Hier gab es kein Entrinnen mehr. Die freundliche Linguistin huschte vorbei: «Na, ihr zwei, Fortführung der Redaktionssitzung hier draußen? Ich muss noch auf einen Sprung in die Bibliothek.» Zev blickte ihr ausdruckslos hinterher, «soll sie doch», sagte er und rührte in seinem Tee, immerzu trank er Tee. Plötzlich stand der Mossad da, aus dem Nichts hervorgeschnellt, womöglich aus den Schilfbüscheln des Mensa-Gärtchens hinter unserem Tisch. Er zeigte mit dem Finger auf mich und fragte: *«Are you a professor?» «Yes»*, antwortete ich, *«why?»* Er nahm seine Baseballmütze vom Kopf, klopfte sie mehrmals auf dem Oberschenkel aus, setzte sie verkehrt herum wieder auf und ging. Unangenehmes Gebaren eines studentischen Mitarbeiters, der sich aufspielte, weil ihm das Englischsprechen erlaubt war, ein Mittler, an den Studenten sich wenden konnten, wenn es ohne Englisch nicht mehr weiterging in allerlei Notsituationen. «Du hättest ihm nicht antworten sollen», sagte Zev. Der Mossad drehte sich noch einmal um und blickte mich böse an.

Der schüchterne Marcus hatte ein Foto gemailt. Zwei Menschen im Abendlicht in weiträumiger Landschaft, ein Mann und eine Frau, von hinten abgelichtet, er nur unwesentlich größer als sie, beide die Hände in den Hosentaschen, beide tragen die Hosen hochgekrempelt; wahrscheinlich schweigen sie. Sie stehen dicht beieinander. Man hätte denken können, sie seien ein Paar, ein einvernehmlich den goldenen Glanz der hinter den weichen Hügeln untergehenden Sonne betrachtendes Paar. Der Altersunterschied ist aus der Entfernung nicht erkennbar. Ich erschrak, dass hier etwas geschah, was sich meiner Kontrolle entzog.

Damals, die Gefährtin, die einst die Geliebte eines deutlich älteren Mannes war, eines großen Intellektuellen. Sie war noch ein Kind, als er, der sechzigjährige Hausfreund ihrer Mutter (die ihn insgeheim liebt), sie für sich entdeckt. Er wartet auf ihre Volljährigkeit und umwirbt sie dann für lange Zeit, so lange, bis sie, die sich vom brillanten Geist dieses Mannes immer angezogen gefühlt hat, seinem Werben schließlich nachgibt. Da ist er über siebzig und sie in ihren Zwanzigern. Das Unverständnis ihres Umfeldes (das der Mutter zuvorderst, natürlich auf blankem Neid basierend), auch mein späteres Unverständnis, vielleicht sogar angeekelter Spott, muss für sie unerträglich gewesen sein. Erstaunlich, dass man sich der eigenen Geliebten Jahre später, wenn man kaum noch miteinander sprach, durch eine Begegnung im eigenen Leben plötzlich so nah fühlen konnte. Das Verbindende zeigte sich auf einmal deutlicher als das Trennende, und damit wuchs auch der Respekt für sie: Einen Teufel hatte sie sich um irgendetwas Normgerechtes geschert, anders als der schwule Freund, der sich geschämt hatte für sein Begehren und seine Zuneigung zu mir, die er über Jahre nur heimlich traf, weil dieses Verhältnis nicht passte in seine schwule Identität.

Eine Textnachricht von Zev: *ich warte vor den 5 schwestern.* Es war früher Vormittag, um die Zeit war ich allein im Mückenloch, die drei Mitbewohner unterrichteten, Zev sollte eigentlich auch im Seminar sein, ein Ingeborg-Bachmann-Kurs, Lieblingsstoff des Maßgeblichen. Ich nahm das Auto, fuhr über den leeren Campus in den Ort hinunter, Zev saß auf der Treppe vor dem *Five Sisters*, ich sah ihn schon von Weitem. «Ich möchte ein Ohrloch stechen. Kommst du mit?», fragte er. *Das dreißigste Jahr* schwänzen für einen Ohrring, warum nicht. Wir gingen in den einzigen Tattoo-Laden Miltontowns, gleich um die Ecke, ein kleines Geschäft. Die Tätowiererin bat Zev nach hinten auf die Liege, sie bereitete das Stechen vor, drückte ihm einen Teddybär zum Festhalten gegen den Schmerz in die Hand. Er wollte ihn nicht, fand das albern. Sie sagte nur: *«Take it.»* Er schloss die Augen, hielt den Teddy im Arm, während sie stach. Wie ein friedlich schlummernder Zwölfjähriger sah er aus. Einzig die vorgezogenen Schultern ließen an eine Last denken, die er mit sich trug, auch wenn er auf der Seite lag, als ob ein uralter Geist in diesem jungen Körper lebte. Danach ging er zu Fuß zum Campus zurück, ich nahm den Wagen. Es war, als sei nichts gewesen, gesprochen wurde kaum.

20. Juli 2013 – Der deutsche Verfassungsschutz nutzt eine von der «NSA zur Verfügung gestellte Software», gibt Verfassungsschutz-Präsident Hans-Georg Maßen bekannt. Internen Snowden-Dokumenten zufolge loben die USA zudem den Bundesnachrichtendienst, dessen Mitarbeiter die Amerikaner als «Schlüsselpartner» bezeichnen, die besonders im Jahr 2012 großen «Eifer» an den Tag gelegt und für die Zusammenarbeit sogar Risiken in Kauf genommen hätten.

Die Altersfrage wurde immer drängender. Wie sich verkleiden für eine studentische Kostümparty? Mein Unbehagen wuchs stündlich, Fasching war mir immer schon verhasst gewesen. Ein Kollege hatte sich eine Papiertüte über den Kopf gestülpt, darin klafften Gucklöcher, ansonsten war er spärlich bekleidet, was aber ging, er war durchtrainiert; ein anderer kam als knackiger Bursche in bayerischer Lederhose, zwei Jungdozentinnen im Dirndl an seiner Seite, die Brüste fachgerecht hochdrapiert; andere hatten sich einen Oberlippenbart aufgeklebt, eine ganze Gruppe mit unterschiedlich geschwungenen Schnäuzern also, von allen Seiten johlend anerkannt, vor allem die Frauen. Der Maßgebliche, Freund Gernot und ich gingen unkostümiert, Urmel tauchte erst gar nicht auf.

Die Party fand im einzigen Raum des gesamten Colleges statt, an dem Alkohol ausgeschenkt werden durfte; man raunte, die Tresenkräfte seien Dorfpolizisten in Zivil, damit die unter Einundzwanzigjährigen nicht heimlich tränken. Deswegen hatten viele Studenten in ihren Zimmern *vorgeglüht*, ein Wort, das schon die Deutsch-Anfänger kannten, sie waren munter und beschwipst. Marcus stand am Rand, trank nicht, tanzte nicht, betrachtete das Treiben nur. Englischsprachige Musik durfte nicht gespielt werden, der Spracheid, José war der DJ, wirkte noch cooler als sonst, elegant auch, er legte viel Techno auf, dazwischen deutsche Hits, ... *da da da ich lieb dich nicht du liebst mich nicht* ..., alle sangen lauthals mit, ... *99 Düsenflieger – jeder war ein großer Krieger* ..., man schwang sich gemeinsam hoch, stampfte sich in einen kollektiven Rausch, ... *ich möchte ein Eisbär sein im kalten Polar* ..., Freund Gernot warf entfesselt die Hände in die Luft, überragte die meisten, die Jungs scharten sich um ihn, ... *arschgeiler Atze* ... Ich tanzte auch, die ganze Berliner Club-Vergangenheit tanzte mit, ich fühlte mich nicht anders als die Kids, auch die Römerin war dabei, mit schwarzem Schnauz, keinerlei Hemmungen wir beide, wir genossen es, im Rhythmus der jeweils anderen aufzugehen, eins zu werden, ihr Ehemann beobachtete misstrauisch das Geschehen. Marcus hatte sich hinter den Billardtisch verzogen, man wünschte ihm ein paar unkontrollierte Momente, würde ihn gerne anschreien, nun befrei' dich doch aus deiner Box, aber das stand mir nicht zu. Lisa war nicht da, Partys besuchte sie grundsätzlich nicht, zu verwerflich, zudem durfte die Sonntagspredigt am nächsten Morgen im Radio nicht verpasst werden, schließlich sprach da der Vater. Das Früchtchen und Zev tauchten gleichzeitig auf, sie im rosa Petticoat, er trug ein weißes Rippunterhemd, hatte sich vor das linke Brillenglas einen Draht-Eierbecher montiert, um die Stirn ein Pappschild geschnallt, darauf in bunten Buchstaben: *NSA's Googleglas*. Sie tanzten zusammen, sie tanzten gut. Eine ganze Gruppe sprang auf die Bühne, stampfte und pulsierte, ekstatische Momente, Zev und Deb mittendrin, José strahlte, sein Sound kam an. Eine College-bekannte Studentin zog mich an sich, Richie war anders als andere, die freakige Kleidung, immer auf Provokation angelegt, eine kräftige und kluge Afroamerikanerin, sie drückte mich an sich, an ihre großen Brüste, viel weibliches Fleisch kam hier zusammen, ich wehrte sie nicht ab, wollte sie nicht kränken, spürte ihren Schweiß, unser Tanz war am Rande des Ungehörigen, ein Moment der Unsicherheit, wie das wohl aufgenommen würde, drüben der offizielle Aufseher reckte den Hals schon komisch, doch eigentlich war das auch egal, eine Dozentin mit einem Faible für Knaben und üppige Lesben, mein Ruf war sowieso ramponiert, Richie hatte wohl gespürt, dass mir Frauen als Liebesobjekte vertraut waren, vertrauter als junge Männer auf jeden Fall. Ich schielte zu Zev, er tanzte allein, präzise und dennoch exaltierte Bewegungen, diese eigenartig hochgezogenen Schultern wieder, zuckend, den Kopf vornübergebeugt, selbstvergessen. Es waren Nächte wie diese, die dem Miltontown-Sommer seine besondere Note gaben; dass die deutschen Partys vergnüglich waren, hatten vor allem *die Spanier* nicht glauben wollen, drei von ihnen standen prüfend am Rand, in aller Heimlichkeit, wippten und wogten; plötzlich wirbelte der Mossad durch den Saal, ein Mädchen im Arm, Zev sprang von der Bühne, kam aufgeregt herbeigeeilt, barfuß mittlerweile: «Hast du gesehen? Der Mossad ist hier.» Das Gefühl, verfolgt zu werden; was wollte der Mann? Wir beobachteten ihn, er beobachtete uns. Nachdem er gegangen war, ging auch ich. Es wäre mir unpassend vorgekommen, bis zum Ende der Party zu bleiben, keinesfalls wollte ich die genusssüchtige Alte sein, die nicht genug kriegen konnte von den Vergnügungen der Jugend, obwohl das nichts Verwerfliches war, ich im Gegenteil früher jene Fünfundvierzigjährigen bewundert hatte, die in Technoclubs gingen, so, wie ich es heute noch mit jenen schrillen Greisinnen tat, deren Auftreten nicht alterskonform war, die immer einen Hauch verschoben und daher verschroben wirkten, die sich nahmen, was sie wollten.

Ein Student war verhaftet worden. Er saß in der Nachbarstadt im Gefängnis, die Männer von der *Public Safety* hatten ihn nach der Party quer über den Campus gehetzt, erst zu Fuß, dann mit dem großen weißen Auto, in dem die Aufseher Kontrolle fuhren, wie in einem Actionfilm. Marcus war Zeuge des Geschehens geworden. Beinahe überfahren hätten sie den armen Jungen, erzählte er. Der habe sich gewehrt, geschrien, die Sicherheitstypen getreten, und das zu Recht, sagte Marcus, die hätten ihn viel zu hart angefasst, auch dann noch, als er heulend vor ihnen auf dem Boden lag. Ein Neunzehnjähriger trank verbotenerweise Bier, daraufhin folgte solch hysterische Reaktion; die Polizei einzuschalten, ein Wahnsinn, das alles. Die Studenten waren besorgt um ihren Kommilitonen, er war kein amerikanischer Staatsbürger, sondern Kolumbianer, man hoffte, die Nacht im Gefängnis habe keine ernsthaften Folgen für ihn.

23. Juli 2013 – Edward Snwoden erhält den deutschen Whistleblower-Preis. Gleichzeitig fordert FDP-Präsidiumsmitglied Wolfgang Kubicki, dass die Verhandlungen über ein transatlantisches Freihandelsabkommen dazu genutzt werden müssen, Druck auf die USA auszuüben, damit diese die europäischen Datenschutzregelungen beachten.

Kaffeetrinken mit Freund Gernot in der Dorfbäckerei. Er wolle mit Leonard übers Wochenende nach Montreal fahren, ein Kurztrip. Stadtluft und so. Ob ich Leonard in der Freitagsstunde entbehren könne, fragte er, das müsse aber überaus diskret behandelt werden. Professoren sollten nicht mit Studenten verreisen. Leonard war im vierten Studienjahr, hatte schon die letzten drei Sommer bei Gernot im Kurs gesessen, sie waren einander in Freundschaft verbunden. «Kein Problem», sagte ich, «ein wenig Entspannung auch für mich, Leonard gerät im Kurs sowieso nur mit Zev aneinander.»

Auf dem Rückweg ging ich in die Hauptbibliothek, streifte auf der Suche nach Daves Namen an einer der grauen Türen durch sämtliche Flure des Sockelgeschosses. Ganz hinten wurde ich fündig, auf dem Schild stand keine Berufsbezeichnung und kein akademischer Titel, nur der Name: David T. Roll. Das musste er sein. Die Tür zu öffnen wagte ich nicht, daher kam ich auf die Idee, von außen einen Blick auf seinen Schreibtisch zu erhaschen. Ich bemühte mich, möglichst unauffällig an der Fassade entlangzuspazieren, bis zum hintersten Fenster; eine Jalousie verdeckte den Blick ins Innere, auch durch die Schlitze war nichts zu erkennen, womöglich hatte Dave einen Vorhang montiert. Schnell weg hier, dachte ich, in fremde Fenster spähen tut man nicht. Vor der

Arabischen Schule standen Lisa und Rothman mit einer mir fremden Frau, sie sahen mich nicht, waren ins Gespräch vertieft.

Die Schauspiellehrerin war empört in die Mensa gestapft und hatte die Köche zur Rede gestellt. Ob es stimme, dass dem Essen ein Abführmittel beigefügt würde? Der Küchenchef hatte sich bei der Sekretärin über diese infame Anschuldigung beschwert, die Sekretärin war zu Rothman geeilt, große Aufregung nun. Wie dumm müsse man sein, sagte die Mitbewohnerin, die seit vielen Jahren in den USA lebte, den Köchen solch eine Frage zu stellen, in diesem Land, wo Höflichkeit so hochgehalten werde? Wie unpassend, was für eine Beleidigung, so etwas könne nur einer Deutschen einfallen. Später erhielten alle Dozenten eine Mail von *Rothman himself*. Diese Gerüchte müssten sofort beendet werden, damit das unsinnige Geschwätz nicht auch noch den Studenten zu Ohren käme. Und wieder galt: Der Ruf des Colleges durfte auf keinen Fall beschädigt werden.

25. Juli 2013 – Russland lehnt die Aufforderung Washingtons, Edward Snowden in sein Heimatland auszuliefern, mit dem Argument ab, internationale Konventionen verböten es, einen Menschen abzuschieben, der Asyl beantragt habe. Zudem würde in den USA die Todesstrafe vollstreckt. Snowden befindet sich seit 31 Tagen im Transitbereich des Flughafens von Moskau.

Sie stritten wieder im Kurs. Marcus sagte, er würde es nicht wagen, bei facebook Edward Snowdens Seite zu *liken*, falls die NSA mitlese, könne einen das irgendwann in Teufels Küche bringen, zum Beispiel bei der Jobsuche. Sally nickte zustimmend. «Lächerlich», sagte Leonard, «die lesen doch nicht dein facebook, die schauen für Terroristen.» Marcus war nicht überzeugt. «Selbstzensur also», sagte ich, «ihr merkt schon, was das bedeutet?» Zev saß stöhnend da, aufgebracht, übermüdet auch, er hatte die halbe Nacht zum Thema recherchiert, ich wusste, er hatte einen Film über die RAF angeschaut, den er am Vorabend in der Bibliothek ausgeliehen hatte. Leonard fuhr ihn an: «Warum regst du dich eigentlich so auf, was hast du für Geheimnisse? Oder bist du ein Terrorist?» Alle lachten, nur Zev nicht. Ich sagte: «Leonard, du hast doch auch Geheimnisse, nicht wahr? Alles kann irgendwann gegen dich verwendet werden.» Er sagte: «Ich vertraue meinem Land.» Ich entgegnete: «Man kann keinem Land vertrauen, das hat die Geschichte gezeigt.»

Ein lauer Abend, offene Fenster, Gitarrenspiel, Lachen, Stimmengewirr. Wir saßen nebeneinander auf dem warmen Steinboden und blickten über den Campus, die Beine ausgestreckt, er hatte die Hosen hochgekrempelt, ich im Rock, Zev fragte mich über die RAF aus und sprach von Timothy Leary, später erzählte er von seiner ersten Liebe und ich von meiner, sie hatten Drogen genommen und einander Gedichte geschrieben, weiter war die Sache nicht gegangen, wir waren zu zweit auf meinem Mofa durch die Stadt gefahren auf der Suche nach Baustellen, in die man einsteigen konnte, um den alten Wildschweinledermantel der Großmutter im Betonstaub auszubreiten und darauf liegend zu knutschen, ich erinnerte mich, dass die Küsse dieses Jungen immer nach Milch geschmeckt hatten, heute war er Bankdirektor, ich hatte ihn einmal besucht, er wohnte modern, ein Haus mit Blick über den See. Zev gab ein wenig mit seinen Erfahrungen an, wollte mir scheinen, erzählte von einer Schwedin in Paris, sie waren ja heutzutage alle so versiert, jeder Junge gucke mit zwölf Jahren schon Pornos im Internet, sagte er und sprach von *MILF* und *Shemale* als totaler Selbstverständlichkeit, und ich wusste nicht, wie sehr sich hier Fantasie mit Realität vermischte. Später saßen wir in großer Runde vor dem Wohnheim. Der Gatte der Römerin erzählte, die Studenten würden sich sogar beim Liebesakt an den Spracheid halten, er habe letzte Nacht allerlei deutsche Ausdrücke stöhnen und schreien gehört; allgemeine Erheiterung. Dann wurde über Begriffe geredet, die den eigenen Charakter beschrieben. Eine amerikanische Kollegin meinte, sie hasse es, wenn man sie *süß* nenne. «Aber sie tut doch alles dafür, um süß zu erscheinen», sollte die Mitbewohnerin später sagen, «selber schuld.» Zev brachte trotz Englischverbot das Wort *creepy* auf, er verwendete es nicht in Bezug auf sich, behauptete, es sei einfach ein Wort, das er zurzeit oft höre. Nachgeschlagen im Lexikon: *gruselig* bedeutete es, *schaurig* oder *unheimlich*. Die Mitbewohnerin sagte später: «Natürlich spricht er von sich, sieh ihn dir doch an, der Typ ist *creepy.*» Ich konnte nichts Unheimliches an ihm entdecken.

Zu Hause im Mückenloch legte ich mich auf das schmale Holzbett und dachte an das Gespräch mit Zev. Er frage sich, hatte er gesagt, was es für die Liebesfähigkeit seiner Generation bedeute, in einem System der Überwachung einerseits und mit pornografischen Bilderfluten andererseits aufzuwachsen, in denen kaum Erotik vorkomme, sondern nur Sex, Filme, die überhaupt nicht der Realität entsprächen, falsches Verlangen schürten, was ihm selbst bewusst sei, er aber nicht ändern könne, weil die Bilder eben vor der erlebten Erfahrung da waren und diese somit prägten, anders als in meiner Generation, die *unbeschwert und frei* habe lieben können.

Und so kam mir *Make Love Not Porn* von Cindy Gallop in den Sinn. Also stand ich auf und schaute mir die Rede, die die britische Werbeberaterin 2009 gehalten hatte, im Internet an und hörte schnell den Satz, der Zevs These bestätigte: *There is an entire generation growing up that believes that what you see in hardcore pornography is the way that you have sex.* Gallop ist neunundvierzig Jahre alt, als sie die Rede hält. Sie ist eine attraktive Frau mit blondem Bob, tritt ganz in Schwarz auf, hautenge Hosen, High Heels, schmale Augen, breiter Mund, mit Sorgfalt geschminkt. Als Erstes sagt sie: *I date younger man. Predominantly men in their twenties.* Ich hörte genau hin. *And when I date younger men, I have sex with younger men.* Im Publikum ist Gelächter zu vernehmen. *And when I have sex with younger men, I encounter very directly and personally the real ramifications of the creeping ubiquity of hardcore pornography in our culture.* Wieder Gelächter, vor allem eine Männerstimme sticht heraus, Gallop scheint es nicht anzufechten. Was sie sagt, ist nicht zum Lachen, die Allgegenwärtigkeit der Pornografie in unserer Kultur eher zum Weinen, zumal Gallop darlegt, dass die Filme von Männern für Männer geschaffen werden und am Ende alle Heranwachsenden diese Männerfantasien verinnerlicht hätten und sich zu Abziehbildern der Pornoindustrie machten, die Jungen genauso wie die Mädchen. Man hätte dem Lautlacher im Publikum ein Glas Wasser ins Gesicht schütten mögen, eine Fünfzigjährige, die darüber spricht, dass die jungen Männer, mit denen sie schläft, ein authentisches Verhalten nie haben entwickeln können, weil sie Pornodarsteller imitieren, was für die meisten Frauen unbefriedigend sei, scheint zu viel für ihn. Ich liebte Gallop für ihren Auftritt und dachte an Zevs Blick auf mich, als er gesagt hatte: „Das könnt ihr bestimmt besser als wir: *unbeschwert und frei lieben.*“

Eine Notiz von Rothman lag im Postfach. Die Aufforderung zu einem Gespräch, Montag um 14 Uhr im Direktorenzimmer.

Urmel warnte: NIEMALS dürfe man mit Studenten persönliche Dinge bereden. Eine STRIKTE Trennung zwischen Lehre und Privatem müsse STETS eingehalten werden. Sie sagte: HALTE DIR DIESEN JUNGEN VOM LEIB. Die freundliche Linguistin pflichtete ihr bei, meinte aber auch, sie wüsste gar nicht, worüber sie mit einem Studenten reden sollte, wenn es nicht ums Fach ginge. Freund Gernot und ich handhabten das anders, wir besprachen mit den Studenten nahezu alles, wahrscheinlich lag es daran, dass wir nicht ganzjährig im akademischen Betrieb tätig waren, ein berufliches Leben außerhalb führten, professionelle Distanz nicht so wichtig war, vielleicht auch nur, weil wir beide kindlich offenherzig sein konnten, was wohl den Kern unserer Freundschaft ausmachte.

Abends schmiss sich die kleine Kim, Kursteilnehmerin von letztem Jahr, im Computerraum schluchzend auf meinen Schoß, drückte mir das Gesicht an den Hals, nass geweint wiegte ich sie in den Armen, der Liebeskummer würde vergehen, so oder so, nur wusste sie das jetzt noch nicht.

Auf jeder Toilette hingen grüne Zettel mit Telefonnummern und Ratschlägen für SURVIVORS OF SEXUAL ASSAULT an der Wand. Die ungeliebte Professorin hatte einmal gesagt, der Ausdruck *survivor* sei in diesem Zusammenhang ungeheuerlich. Sexuelle Übergriffe seien entsetzlich, aber damit verbunden von Überlebenden zu sprechen nun wirklich deplatziert, das sei anderen Opfern vorbehalten. Zudem schaffe die dauernde Warnung ein Klima des Misstrauens und der Angst. *Harassment* war noch so ein Wort, das drohend über allem schwebte. Es konnte schnell gehen, dass man der Belästigung bezichtigt wurde. Daher hielten alle Dozenten ihre Bürotüren stets offen, auch wenn Studierende zu Beratungen kamen, besser, es drangen Gesprächsfetzen nach draußen, die nicht für die Allgemeinheit bestimmt waren, als auch nur den Hauch eines Verdachts von etwas Unangebrachtem zu erwecken.

Nach dem Unterricht sagte Zev, ohne aufzusehen, während er seine Sachen zusammenpackte: «Ich liebe es, wie du *gut* aussprichst: *nnnguut*. Ich warte immer, dass du es sagst: *nnnguut.*»

André, Schweizer Linguistik-Dozent an der spanischen Abteilung und hauptberuflich Professor in Kalifornien, war vor einiger Zeit die Einreise in die USA verweigert worden. Er hatte mehrere Wochen im brasilianischen Urwald verbracht, eine Forschungsreise zu einem indigenen Volk. Am Flughafen von São Paulo dann die rüde Zurückweisung trotz gültigen Arbeitsvisums. Die Anschuldigung: Er habe enge Kontakte zur *Partido Comunista do Brasil*, die er auch finanziell unterstütze. André sagte, er habe zwar Kontakte zu Gruppierungen, die den Amerikanern missfallen könnten, militanten Abholzungsgegnern etwa, aber keinesfalls zur Kommunistischen Partei. Fünf Tage habe er in São Paulo festgesessen, bevor seine Universität ihn mit allerlei Gutachten und Anrufen aus der misslichen Situation habe befreien können.

Zev wollte André zu dem Vorfall interviewen. Die beiden saßen an einem der Tische vor der Mensa, der Maßgebliche, Marcus und ich ein paar Meter von ihnen entfernt. Zev nahm das Gespräch mit dem Handy auf, zudem machte er Notizen. Eine Gruppe *Hebräer* tauchte auf, fast alles Professoren, die rot gelockte Israelin war darunter und auch der Mossad mit seiner albernen Mütze und den hängenden Jeans, er starrte uns schon wieder an. André und Zev schienen ins Gespräch vertieft, doch dann, ganz unvermittelt, stand Zev auf, schlängelte sich zwischen den Tischen hindurch und ging zu der Gruppe hin, barfuß natürlich, er bewegte sich sehr langsam. Marcus stieß mich an. Zev stellte sich direkt vor den Mossad und redete auf ihn ein. Beide drehten sich zu uns um, Zev zeigte auf mich, es schien, als ob er dem Mossad einen abschließenden Satz ins Gesicht knallte, dann wendete er sich ab und ging zum Tisch zurück, langsam wieder, fast gleitend, die ganze Professorenmeute blickte ihm hinterher, der Mossad stand mit offenem Mund da, Zev setzte sich und sprach mit André weiter, als ob nichts gewesen wäre. «Wahnsinn», sagte Marcus, «wie mutig der ist, ich hätte mich das nie getraut.» Niemand hatte gehört, was er gesagt hatte. Doch es war klar, die Verhältnisse waren anders, als sie normalerweise sein sollten. Ein Student verteidigt seine Dozentin, beschützt sie vor drohendem Ungemach. In diesem Moment zum ersten Mal der Gedanke: Es ging um Liebe hier.

26. Juli 2013 – «Ich habe heute alle Vorwürfe, die gegen die deutschen Nachrichtendienste erhoben worden sind, zweifelsfrei klären können», sagt Ronald Pofalla, Chef des Bundeskanzleramtes. Zudem beruhigt er, es handele sich bei dem NSA-Überwachungsprogramm PRISM nicht um ein Instrument zur massenhaften Datenerfassung. Das habe die NSA in einer Stellungnahme bestätigt.

Freund Gernot reiste ab. Er war der einzige Dozent, der nur den halben Sommer über unterrichtete. Ein Abschiedsfrühstück stand an, am Tag davor laut verkündet;

sein Fanclub würde erscheinen. Entgegen allen Gepflogenheiten daher schon zum Frühstück der Gang in die Mensa statt eines simplen Kaffees im Mückenloch. Ein paar Jungs aus Gernots Dunstkreis waren da, die magere evangelikale Doktorandin, zwei Kolleginnen, ein Kollege. Leonard fehlte, sicher schlief er noch. Stattdessen saß Zev dabei, löffelte schweigend irgendeinen Brei, blickte kaum auf, er sah verwildert aus; er gehörte nicht in diesen Zirkel. Ein leises Unbehagen, Wortkargheit. Später fragte ich den Freund, ob Zev schon immer mit ihnen gefrühstückt hatte. «Aber nein, meine Liebe», rief Gernot, «noch nie!»

Nun also drei gemeinsame Mahlzeiten am Tag.

Zev beim Mittagessen: «Wollen wir eine gemeinsame Reise planen für die Zukunft? Zu Snowden nach Moskau vielleicht?»

Versammlung zum Gruppenfoto. Hundertfünfzig Menschen standen und hockten dicht gedrängt auf dem Germanistenhügel vor dem Haus mit der markanten Bruchsteinfassade, die Fotografin dirigierte das Geschehen. Ich setzte mich ins Gras, neben mir streckte José seine langen Beine aus. Urmel stand murrend hinter uns, fühlte sich in ihrer Sonntagsruhe gestört, zudem die Hitze; ich beruhigte, das Foto gehe immer ratzfatz. José fragte, was *ratzfatz* bedeute, der Gatte der Römerin erklärte, *ratz* komme vom Geräusch eines schnell reißenden Stücks Stoff und *fatz* von zerfetzen, man könne auch *ruckzuck* sagen, José wiederholte beide Wörter mehrere Male. Ich blickte mich derweil um. Zev war nirgends zu sehen.

Montag, der Rothman-Termin. Spaziergang über die Wiesen, die Gräser und Blumen standen hüfthoch, schmale Wegschneisen waren gemäht worden, Insekten sirrten. Das Direktorenzimmer lag in einem der alten Gebäude im Herzen des Campus; herrschaftliches Entrée, symmetrische Treppenanlage, tiefe Ledersessel um einen Kamin, Ölgemälde an der Wand, dramatische Landschaften vor allem, Hudson-River-School-Epigonen – oder sogar echte? Im oberen Stockwerk dann nur noch wenig Glanz, Neonlicht, Flure mit Pinnwänden, Raum an Raum. Rothmans Sekretärin war am Telefon, sie nickte, deutete auf einen Stuhl und flüsterte: *«Give me a second.»* Sitzen wie im Wartezimmer eines Arztes, den Blick besorgt auf die Sprechstundenhilfe geheftet, die den schlimmen Befund bestimmt schon kennt, sich aber nichts anmerken lässt. Es war mein erster Termin bei Rothman in all den Jahren. Auch die Kollegen waren noch nie zu ihm zitiert worden.

Türschlagen, Rothmans voluminöser Schädel tauchte auf, wie immer der Schreck, ihn zu sehen, die Ähnlichkeit mit einem berühmten Fernsehserienmörder war frappant, Marcus hatte das ebenfalls festgestellt, seit Tagen scherzten wir über den *Rooftop Killer*, der nun leibhaftig im Türrahmen stand. Er bat in sein Zimmer, ich folgte ihm. Was würde er wollen? Ging es um das wiederholte Brechen des Spracheids, um das Englischsprechen; war der Mossad bei ihm gewesen, dieser impertinente Bengel? Oder wollte er vor zu viel Nähe zu einem Studenten warnen, drohte gar die *harassment*-Keule? Hatten sich andere benachteiligt gefühlt und sich beschwert, Lisa vielleicht oder Leonard?

Ein bisschen Small Talk erst, das konnte er gut. Sein Deutsch war tadellos, er hatte in Heidelberg promoviert. Dann aber: «Zev Swartz ist bei Ihnen im Kurs», sagte er, «wie macht er sich denn? Er ist ja noch sehr jung.» Sehr jung ... darum also ging es. «Zev macht sich gut, er ist engagiert und überdurchschnittlich intelligent», antwortete ich. «Er war beim Informationstag der NSA, habe ich gehört», sagte Rothman, «plant er eine Karriere bei dem Dienst?» Also doch nicht *harassment* ... die NSA ... «Nein, das denke ich nicht, er ist aus journalistischem Interesse hingegangen.» «Ach ja, Ihre Zeitschrift», sagte er, «darüber wollte ich mit Ihnen sprechen.» Das war nun wirklich neu, noch nie hatte er sich um das Heft gekümmert. «*Geheimnisse* ist das diesjährige Titelthema, nicht wahr», sagte er. Woher er das nur wusste. «Bitte schicken Sie mir jeden einzelnen Text, bevor Sie ihn drucken. Nichts darf veröffentlicht werden, ohne von unserer Seite abgesegnet worden zu sein. Auch nicht Ihr Editorial.» «Aber wir produzieren das Heft doch nur für uns», entgegnete ich, «kein Mensch außerhalb der Gruppe und der porträtierten Leute wird es lesen.» Er strich sich durch sein schütteres Serienmörderhaar. «Zensur», fragte ich, «ist das Ihr Ernst? Das gab es noch nie!» «Ich handle nur im Sinne des Colleges», sagte Rothman, «also BITTE.»

29. Juli 2013 – Bundesinnenminister Hans-Peter Friedrich vermeldet, die allgemeine Meinung, «da säßen irgendwo Tausende von Amerikanern und würden unsere Mails lesen und unsere Telefone abhören», sei nicht nur falsch, sondern «eine völlig unsinnige Vorstellung». Edward Snowden erklärt am selben Tag im Interview mit dem Guardian, ein NSA-Analyst, wie er einer war, könne dank der Spionagesoftware *XKeyscore* gezielt Einzelpersonen überwachen, sogar den Präsidenten der USA. Nötig sei dafür nur die E-Mail-Adresse der auszuspionierenden Person.

«Dave! Da ist Dave», sagte ich. Zev drehte sich um, wir sahen den alten Hippie mit seinem Hund an der Leine über die Wiese gehen. «Hey, Dave!», rief Zev und rannte los, seine Schuhe standen unter dem Tisch. Dave ging schneller, rannte nun auch fast, der Hund sprang an ihm hoch vor Freude. Zev holte ihn ein, Dave versuchte, ihn abzuwimmeln, winkte ab, keine Zeit, keine Zeit. Er eilte in Richtung Parkplatz, Zev ging unbeirrt hinter ihm her. Wieder diese schleichende Raubtierhaftigkeit, wahrscheinlich war es genau dieses Animalische, das an ihm so verstörte – oder reizte. Marcus schüttelte fassungslos den Kopf, das Früchtchen und auch die Mitbewohnerin saßen bei uns. Alle warteten. Wir holten Nachtisch. Wir holten Kaffee. Endlich kam Zev über die Wiese zurück, hielt den Daumen hoch, ließ sich in seinen Stuhl fallen, sagte cool: «Donnerstag um eins. Das Interview.» Er grinste.

31. Juli 2013 – NSA-Chef Keith Alexander verteidigt auf der Black-Hat-Konferenz die Lauschprogramme *PRISM & Co* mit der Begründung, es seien «ungefähr 53 Terrorangriffe» weltweit verhindert worden. Er behauptet zudem, nur 35 Mitarbeiter seien in der Lage, mit den gesammelten Daten überwachter Telefonnummern zu arbeiten. Der republikanische Vize-Admiral Mike Rogers bezichtigt Snowden der Lüge: *«He's lying. It's impossible for him to do what he was saying he could do.»*

Das Fakultätsessen stand an, es fand im Zentrum Miltontowns statt, im elegantesten Bed & Breakfast der Stadt, der Aperitif wurde in der Lobby serviert. Fremdartig sahen die fünfundzwanzig Kolleginnen und Kollegen aus, in ihren luftigen Kleidern, hochhackigen Schuhen und edlen Hemden; mehrere Männer trugen Krawatte, sogar Urmel erschien in einer Bluse, ein Blumenmuster in Schwarz und Weiß. Ein ganzer Abend ohne Studenten, unbeschwert und laut, es war, als ob man schlagartig in ein Erwachsenenleben zurückkatapultiert worden wäre, in ein normales Leben auch, ein urbanes zudem, mit wildfremden Menschen im Spiegelsaal, und Kellnern, die man ungeniert auf Englisch ansprechen durfte, mit Rotweinflaschen auf den Tischen und einem Whiskeyglas in der Hand. Normalerweise nicht-rauchende Kollegen standen plötzlich mit Zigaretten in der Hand vor der Tür, ich rauchte auch. Bei zweien ahnte man, sie hatten ein Verhältnis begonnen, er war verheiratet, sie nicht; man gönnte es ihnen, sie strahlten. Für mich war es auch eine Verschnaufpause, eine Denkpause, eine Zev-Pause, eine Erinnerung daran, dass es eine Zeit ohne diesen jungen Mann gegeben hatte. Zev selber würde am nächsten Morgen sagen, es sei der schrecklichste Abend des ganzen Sommers für ihn gewesen, er habe mit einer Gruppe Sprachanfänger am Tisch gesessen und sich nur nach den Gesprächen mit den Dozenten gesehnt.

1. August 2013 – Edward Snowden hat den Flughafen Scheremetjewo um 15.30 Ortszeit in einem Taxi verlassen, begleitet von der Journalistin Sarah Harrison. Er erhält in Russland Asyl, zunächst für ein Jahr. In dieser Zeit darf er sich in Russland frei bewegen. Snowden sei bereit, mit der Presse zu sprechen, sagt sein Anwalt, aber die Sicherheit des «meistgesuchten Manns der Erde» habe absolute Priorität.

Dann der Tag der Wende, der Beginn des eigentlichen Dramas. Es war der 1. August, Schweizer Nationalfeiertag, in der Mensa sollte es abends Zürcher Geschnetzeltes geben. Die rot-weiße Flagge hing in ihrer vollen Quadratigkeit (eine weltweite Besonderheit, die sie nur mit jener des Vatikanstaats teilt; die Gemeinsamkeiten zwischen dem Vatikan und der Schweiz gehen natürlich über das Quadrat hinaus, schmutzige Bankgeschäfte, ein gewisser Elitarismus, die Tradition des Söldnertums, oder wie Marcus sagte: zwei Freakländer eben) und amerikanischer Größe über mehrere Fenster des historischen Gebäudes.

Zev war um eins mit Dave verabredet, das lang ersehnte Interview. Um vier kein Zev im Kurs. Nach dem Unterricht hatte ich einen Ausflug mit André geplant, einen Besuch beim Bingo-Abend der Kriegsveteranen im Ort, das dringende Bedürfnis nach einem weiteren Erlebnis außerhalb des Colleges. André kannte das Lokal, wir fuhren im Auto hin. Strömender Regen, so dicht, dass der Dampf der Straße sich mit dem Wasser aus dem Himmel zu vermengen schien, ein Sommerregen, tropenschwer. Unter einem Baum am Ende des Campus dann die zwei Männer, Zev und Dave, sie hielten eine dunkle Plastikplane über ihren Köpfen, standen eng beieinander, beide waren durchnässt. «Was macht ihr denn hier?», fragte ich. Der Regen prasselte auf den Plastikschutz, ein recht lückenhaftes Dach, Zev starrte mich düster an, fand offenbar keine Worte, an Daves überdimensioniertem Zwirbelschnauz hingen zitternd Wassertropfen; waren die beiden auf Drogen, oder was war das hier? Zev stand die Panik ins Gesicht geschrieben, flackernde Blicke, er war bleicher als sonst. «Ich werde diesen Text nicht schreiben», sagte er nur. «Was heißt das, du wirst diesen Text nicht schreiben?» Er reagierte seltsam kühl, plötzlich eine irritierende Distanz. «Ich werde den Text nicht schreiben», wiederholte er, sah Dave an und sagte zu mir: «Wir sprechen später.» Eine Art Ohrfeige war das, ungeheuerlich. André schwieg, was er sich wohl dachte? Wir fuhren weiter, ließen die beiden im Regen stehen, steuerten über die Main Street durch das Städtchen hindurch, auf der Brücke über den mächtig angeschwollenen Fluss hinweg, hinter dem kleinen *business district* in eine Nebenstraße hinein.

Ich war außer mir, empört, schimpfte, André saß wortlos daneben, versuchte zu verstehen. «Wie kann der Junge sagen, er schreibt den Text nicht, nachdem man die letzten Wochen von nichts anderem gesprochen hat, er uns damit alle verrückt gemacht hat, nachdem die NSA, von der die meisten nicht einmal wussten, dass sie überhaupt existiert, zu Zevs NSA geworden ist, zu seinem ureigenen Thema, mit Leidenschaft erforscht und durchwühlt, als ob es ihm ans Lebendige ginge, wütend und fanatisch, ein gefundenes Fressen für einen radikalen Menschen wie ihn, am liebsten hätte er das ganze Heft nur mit dieser einen, seiner, Geschichte gefüllt, gegen den Willen der anderen Studenten, zwanzig Seiten wollte er haben, mindestens, und jetzt das, wie kann er nur!»

Brachland, struppig und verkommen, zum Verkauf ausgeschildert, daneben Schuppen, Lagerhallen, eine Schuhproduktionsstätte, Parkplätze davor, ein Dutzend hubraumstarke Autos mit Aufklebern, eine Harley Davidson. Hier sollte Bingo gespielt werden, in dieser Peripherie? André stieß eine der Lagerhallentüren auf, dahinter ein kleines Lokal, von der Decke hingen laufende Fernseher, doch ohne Ton, Neonlicht über dem Tresen, da saßen drei Frauen und zwei Männer, alle blickten nur kurz auf, ich war für einmal die Jüngste im Raum. Wir setzten uns dazu, bestellten zwei Bier, Alkohol tat in so einem Moment sicher gut, vielleicht glättete er die Erregung, Zevs seltsam fremder Blick wollte mir nicht aus dem Gedächtnis weichen. Wir tauschten Dollarscheine gegen Bingoscheine, die Tresennachbarin erklärte mit knappen Worten das Spiel, vielleicht eine Vietnamveteranenwitwe, sie trug ihr weißes Haar onduliert und war stark geschminkt, alle waren hochkonzentriert, der kinderpatschhändchendicke Filzstift tropfte vor Feuchtigkeit, ich drückte ihn auf die Zahl, nachdem sie ausgerufen worden war, keine diagonalen Linien, die zusammenhingen, auch bei den Quadraten wurde es nichts, ich gewann nicht, André schon, er lud zu einem zweiten Bier ein, ich lehnte dankend ab, wollte hier so schnell wie möglich wieder raus, zum Campus zurück, mit Zev sprechen, wollte aber auch nicht unhöflich sein, zudem diese Peinlichkeit, derart echauffiert wegen eines Studenten, wie sah das denn aus. Ein weiteres Spiel also, das fünfte oder sechste, die innere Unruhe wurde stärker, das Bier hatte seine Wirkung verfehlt.

Danach zum Donnerstagsvortrag, keine Dichterin diesmal, sondern der deutsche Konsul, extra aus New York angereist. Zev hatte am Abend noch einen Interviewtermin mit ihm, für einen Artikel über Diskretion in der Diplomatie. Ich war viel zu spät, schlich mich in den Saal, der Vortrag war vorbei, die Diskussionsrunde hatte bereits angefangen, das Publikum war unruhig, irgendetwas schien passiert zu sein, ich setzte mich neben den geistreichen Kollegen Raphael, erblickte Zev in einer der mittleren Reihen, er nickte mir zu, sein Ohrring blitzte. Raphael ergriff hocherregt das Wort, alle drehten sich um, was hatte der Konsul bloß gesagt, dass so eine aufgebrachte Stimmung herrschte? Rothman stand neben dem Konsul, blickte nervös in den Saal. Raphael erhob sich sogar, vergaß alle Höflichkeit, stets bedankten sich die Fragenden als Erstes für den interessanten Vortrag und so weiter, ein amerikanisches Ritual, Raphael verzichtete ganz darauf, sagte mit klarer Stimme, es sei empörend, die deutsche Sprache nur aus Wirtschaftsgründen lernen zu sollen, und ein Skandal, aus dem Mund eines deutschen Diplomaten hören zu müssen, man solle Kleist und Goethe als Randnotiz behandeln und sich weniger um Kulturleistungen kümmern als vielmehr um die Dynamik der Wirtschaft heute; wenn alle Leute die Meinung des Konsuls teilten, dann würde er, Raphael, den Beruf wechseln, denn selbstverständlich ginge es um Goethe und Hegel und Kant und Hölderlin, um Poesie und Moral und Ethik, und er, Raphael, wolle nicht in dieser Welt leben, die der Konsul vertrete, niemals, das sei der Untergang der Zivilisation. Dann setzte er sich wieder, man wollte ihn umarmen, alle wollten ihn umarmen, nur Rothman stand peinlich berührt da, ein Juniorprofessor las einem eingeladenen Diplomaten die Leviten, so etwas hatte es noch nie gegeben. Eine Studentin fasste ihren ganzen Mut zusammen, man sah es ihr an, sie stand auf, bedankte sich artig für den Vortrag und sagte fast flüsternd, sie fände es nicht so gut, dass der Konsul erklärt habe, Deutsch zu lernen sei gewinnbringend, Spanisch zu lernen hingegen zweitrangig, weil man das eh nur mit seinen Gärtnern und Hausangestellten spreche, das sei rassistisch und gefalle ihr nicht. Die Studenten klatschten, der Konsul stand mit hochrotem Kopf vorne, stammelte rechtfertigende Worte, wurde dann aber von Rothmann rüde unterbrochen, der die Veranstaltung für beendet erklärte und zum Schweizer Abendessen in der Mensa aufrief. Raphael murmelte, nun werde er bestimmt gefeuert. «Unsinn, du bist der Held des Tages», antwortete ich. Urmel kam die Treppe hochgehinkt, klopfte Raphael auf die Schulter und sagte: «Guter Mann.»

Im Flur draußen dann diskutierende Studenten, leuchtende Gesichter, es war, als ob das echte Leben in diese Wattewelt hereingebrochen wäre, seit Wochen nur Introspektion, dann ein Gast von außen, und schon explodierte die ganze Chose. Zev wartete beim Ausgang unter dem Dach, drohend schwarzer Himmel, gleich würde es wieder regnen, er sagte: «Wir müssen reden. Wo steht dein Auto?» Wir rannten über die Wiese zum Parkplatz hinter dem Biogarten, Studenten durften nicht im Auto von Professoren mitfahren, falls ein Unfall geschah, die Versicherung, Klagen der Eltern, der Ruf des Colleges, das Übliche. Es war mir gleichgültig, ob uns jemand sah. Zev schmiss seinen roten Rucksack auf den Beifahrersitz, sagte: «Leg deine Tasche auch da rein», dann schloss er die Tür und flüsterte über das Wagendach hinweg: «Wir fahren zur Mensa und sprechen auf dem Weg kein Wort. Du lässt dein Handy im Auto liegen, während wir essen. Verstehst du, Vita?» Entschlossen blickende, schwarz funkelnde Augen hinter der Brille, keine weitere Diskussion, sollte das heißen; ich tat, was er sagte. Wir fuhren also schweigend zusammen über den Campus, ein irritierender Akt der Konspiration, eine irritierende Nähe auch, in der Enge des Wagens, plötzlich dieser gemeinsame Atemraum. Der Regen setzte ein, alles verdüsterte sich.

Ohne Handtasche und Handy dann schnell vom Parkplatz durch den Schilfgarten zur Mensa hoch. Wir setzten uns unter einen der Sonnenschirme, Regentropfen prasselten, es war schwül, Donnergrollen. Studenten kamen angerannt, sausten an uns vorbei, viele lachten, die aufgeheizte Stimmung von vorhin hatte sich entladen, eine Art von Kinderglück im Sommerabendregen, Deb im tropfnassen Kleidchen, verführerischer noch als sonst. Irgendwann waren sie alle drin, der Campus war menschenleer und still, nur wir beide saßen da, in diesem Wahnsinnsdunkelwetter, endlich konnte man ungestört reden.

«Ich schreibe den Text nicht», erklärte Zev. «Ja, das sagtest du bereits», antwortete ich, «was ist denn passiert?» «Es ist fürchtbar», sagte er, «ein Albtraum. Ich hasse Amerika!» Er blickte sich panisch um. «Sie wissen alles, sie hören unsere Handys ab, auch wenn die ausgestellt sind. Du kannst den Akku rausnehmen, und trotzdem hören sie mit, wenn sie drin sind, hat Dave gesagt.» «Das glaube ich nicht», sagte ich, «wie soll das gehen?» «Sie hören nicht nur, sie gucken auch, durch die Kamera. Sie gucken mit, wenn du skypest.» Zevs ernster, aber auch angsterfüllter Blick. «Apple ist am schlimmsten, sagt Dave, Apple hat alles für die NSA konstruiert und eingebaut, im iPhone, im Mac, überall. Sie überwachen Millionen Handys und Computer!» «Millionen?», fragte ich, «ist das nicht übertrieben?» «Dave besitzt kein Smartphone, nur ein altes Handy, er sagt, sie hören auch draußen ab. Es gibt Mikrofone in den Bäumen sogar. Auf Plätzen. Überall sind Mikrofone. Nur im Wald nicht. Das weiß er von seinem Sohn.» «Und deswegen schreibst du den Artikel nicht?» «Ich habe geschrieben den Anfang, als ein Brief an die NSA, habe formuliert mit dem Satz von Snowden: *Ich will nicht in einer Gesellschaft leben, die diese Art von Dingen tut.*» «Aha, das wusste ich nicht», sagte ich. «Du hast gesagt, ich soll einen Meinungstext schreiben», sagte er. «Als Brief an die NSA formuliert, das ist eine schöne Idee», antwortete ich. «Nein! Das war eine sehr schlechte Idee! Dave behauptet, die haben den Text schon gelesen natürlich.» «Hast du ihn denn jemandem gemailt?», fragte ich. «Nein, aber wenn du googlest zu oft Snowden oder NSA, dann wissen die das und gehen in deinen Computer und lesen mit. Dann bist du verdächtig. Du musst nicht mailen. Die lesen auch sonst. Es gibt vier Stufen. Man steigt auf in eine höhere Stufe, und dann beobachten sie dich. Ich bin jetzt in eine höhere Stufe drin, wahrscheinlich schon in Stufe 3!» «Das ist doch absurd», sagte ich. Er war erbost, er zitterte. «Ich will nicht meine Zukunft riskieren, ich schwöre dir, ich schreibe den Text nicht», sagte er bestimmt. Ich war erschüttert. «Wenn DU schon einknickst und klein beigibst, nach all den fulminanten Reden, die du wochenlang gehalten hast», schimpfte ich und wurde laut, «wer zum Teufel soll sich in diesem Land denn sonst wehren?! Du bist der einzige politisierte Student weit und breit! Du kannst doch nicht aus Angst vor der NSA einen Artikel in einer Studentenzeitschrift, die kein Mensch lesen wird, zurückziehen! Das ist lächerlich!» Auch er wurde laut: *«No way!»* Ich musste mich beruhigen, durfte ihn nicht so beschimpfen, er war zwanzig, ein Student. Und dann doch, aus tiefsten Tiefen: «Mein ganzer *fucking* Sommer dreht sich nur um dich, und jetzt kommst du mir mit so einem *bullshit!*» «Mein ganzer *fucking summer* dreht sich auch nur um dich! Ich mache es trotzdem nicht!» Wir hatten uns beide weit über den Tisch gelehnt, wie im Kampf.

Der Regen ließ nach, die ersten Studenten kamen aus der Mensa, ein paar Professoren auch, ich sah nicht hin, damit bloß keiner auf die Idee kam, sich zu uns zu setzen, dieses Drama durfte nicht nach außen dringen. Welch eine Ernüchterung, Desillusionierung, wahrscheinlich empfanden Eltern so, deren Kind sie maßlos enttäuschte; was für ein Wahnsinn, woher nur diese Wut? Wir schwiegen. «Der Konsul wartet auf dich», sagte ich schließlich, «dein Interview.» «Ich gehe da nicht rein, ich will mit dir weitersprechen.» «Zev, du musst da rein, wir haben es schriftlich angekündigt, der Konsul kennt die Fragen doch bereits», sagte ich, «wenn du den Spionage-Artikel schon nicht schreibst, dann mach wenigstens dieses alberne Interview! Irgendeinen Text musst du im Heft haben.» «Okay, okay, ich gehe ja, aber nur zehn Minuten. Warte hier für mich!» «Hast du dein Notizbuch, einen Stift, die Fragen?» «Nein, ich habe nichts, aber es wird in Ordnung sein.» Zev ging, widerwillig, wäre er ein unbeherrschterer Mensch gewesen, er hätte wohl gegen die Tür getreten. Der Maßgebliche kam heraus. Kurze Plauderei, als ob nichts gewesen sei. Der Eklat um den Vortrag des Konsuls war Thema genug. Die freundliche Linguistin gesellte sich dazu, der Kollege mit dem starken schwäbischen Akzent und Urmel auch. Niemand setzte sich, man sprach über den Vorfall, ich hoffte, sie blieben nicht lange. Rothman trat aus der Tür, verharrte für einen Moment, immer dieser imperiale Gestus. Er steuerte auf uns zu, beachtete die anderen nicht, sprach mich an, die Stimme schneidend: «Können Sie mir erklären, was hier los ist? Zev Swartz will nicht mit dem Konsul sprechen? Er hat ihm gesagt, er habe eine VERABREDUNG mit Ihnen und deshalb keine Zeit für das angekündigte Interview?! Das ist ungeheuerlich. Konsul Müller-Bogenhardt ist immerhin unser Gast.» Oh Mann, Zev, dachte ich, reiß dich zusammen. «Ich habe keine

Ahnung, leider», sagte ich. Rothman kehrte in die Mensa zurück, sichtlich aufgebracht, die Kollegen verabschiedeten sich, der Maßgebliche tätschelte meine Wange zum Trost. Zev tauchte auf, trat schimpfend an den Tisch: «Der Konsul ist ein Idiot, ich schreibe das Interview nicht. Gehen wir?!»

Dann, beim Wasserfall in der Stadt, die Fortführung des Gesprächs. Es dunkelte bereits, die Fahrt in den Ort wortlos, wir parkten auf der Wiese, auf der samstags der Bauernmarkt stattfand, stolperten über die steile Böschung zum Fluss hinunter, setzten uns auf Steinbrocken, den beleuchteten Wasserfall im Blick und auch die Backsteinhäuserzeile auf der Main Street oben, von hier unten sah man weder Straßen noch Autos, war ganz ins frühindustrielle Zeitalter zurückversetzt, glaubte, die Wasserkraft zu spüren, die einst die Energie gebracht hatte, der Moose River machte eine enge Kurve, eine hölzerne Hängebrücke führte über ihn, ein wackeliges und schmales Ding, auch das eine Erinnerung an vergangene Epochen. Zev nahm meine Handtasche und deponierte sie weit entfernt unter einem Baum, ich vermied jede Ironie, hörte ihm zu, er hatte wirklich Angst, manchmal stand er unvermittelt auf und gestikulierte wild, dann wieder setzte er sich, fiel in sich zusammen und klagte über den Zustand Amerikas. Dave sei sein neuer Freund, sie hätten ein tiefes Verständnis füreinander, seien politisch und philosophisch ganz auf einer Linie, er danke mir dafür, diesen Kontakt hergestellt zu haben, sagte er pathetisch, auch wenn alles scheußlich und furchterregend sei, was er erfahren habe, vor allem die Dinge, die er mir nicht erzählen dürfe.

Und dann erzählte er sie doch: «Es geht nicht um Terrorismus.» «Natürlich nicht», sagte ich, «das ist schon klar.» «Es geht auch nicht um Wirtschaftsspionage», sagte Zev, «beides haben sie im Blick, aber es ist nicht Hauptthema.» «Worum geht es dann?», fragte ich. Er stellte sich vor mich hin, blickte sich um, spuckte die Worte geradezu aus: «SIE HABEN ANGST VOR ANTIKAPITALISTISCHEN REVOLUTIONEN.» «Antikapitalistische Revolutionen? In den USA?», fragte ich. «Sie beobachten Gruppen im Süden», sagte Zev. «Was für Gruppen? In welchem Süden», fragte ich, «Südamerika oder Südstaaten oder Südeuropa?» Er wusste es nicht. «Dave hat geredet nur von Gruppen im Süden, nicht nur linke, auch rechte, wahrscheinlich in Georgia oder Alabama oder so.» «Und wen meint er mit SIE?», fragte ich. «Die Regierung und die Mächtigen.» Sternenklarer Himmel, kaum noch Licht in den Häusern, Grillenzirpen, Wasserrauschen. Zev setzte sich hin, warf einen Stein in den Fluss. «SIE WOLLEN DIE TOTALE KONTROLLE.»

Unruhiger Schlaf, wirre Gedanken. Der Junge einerseits; das Bewusstsein, in aller Öffentlichkeit die Contenance verloren zu haben, die Beklommenheit darüber. Dann aber auch dieser Satz: *Sie haben Angst vor antikapitalistischen Revolutionen.* Verschwörungstheorien eines irren Computerfreaks? Oder der Kern des ganzen Komplexes?

Mail-News. Rothmans Sekretärin erinnerte daran, dass das Autofahren mit Studenten aus versicherungstechnischen Gründen nicht erlaubt sei. Rothman selber entschuldigte sich für den Ausfall des Konsuls und betonte, das College teile keinesfalls die Ansichten von Dr. Müller-Bogenhardt hinsichtlich der spanischen Sprache; vorsichtshalber hatte er neben Studenten und Dozenten auch die Direktion der spanischen Abteilung in Kopie gesetzt. Und Leonard vermeldete, er könne nicht in den Kurs kommen, da er sich in einer *kreativen Phase* befände, *ununterbrochen* an seinem Text über den Ku-Klux-Klan arbeite und *die Schreibschnur nicht zerschneiden* wolle. Eine Stunde vor Unterrichtsbeginn sah ich ihn über den Friedhof Richtung Fitnessstudio gehen, die Sporttasche über die Schulter gehängt.

2. August 2013 – Die NSA soll den britischen Nachrichtendienst *Government Communications Headquarters* GCHQ in den letzten drei Jahren heimlich mit 166 Millionen Dollar unterstützt haben, um die britischen Programme zur Informationsbeschaffung beeinflussen

zu können. Ziel des GCHQ wiederum sei es, die Daten von jedem Telefon überall und immer abgreifen zu können. Die Masse der aus dem Internet und Mobilfunk gewonnenen Daten habe seit 2008 um 7000 Prozent zugenommen. Allerdings stammten 60 Prozent der Informationen noch immer von der NSA und nicht vom GCHQ selbst.

Im Kurs dann nur fünf Leute, Deb, Marcus, Sally, Lisa und José. Zev fehlte und auch der schnurschreibende Leonard. Zev hatte beim Mittagessen blass ausgesehen und lustlos in seinem Zucchinigratin gestochert. «Wir müssen den anderen erklären, warum du den Text nicht schreibst», hatte ich gesagt. «Das mache ich schon», hatte er abgewinkt und mich verstört angesehen: «Sie wissen jetzt, dass ich Marxist bin. Die haben natürlich auch abgehört mein Interview mit André, das habe ich doch mit dem Handy aufgenommen. Sie wissen einfach alles über mich.» Wir waren gerade bei der täglichen Presseschau, Sally schilderte ausufernd eine misslungene Opernpremiere in Wien, als Zev den Raum betrat, mit blauem Piratentuch auf dem Kopf. Er hatte sich noch nicht einmal hingesetzt, da fragte Deb schon: «Was war gestern?» Sally stupste José an, alle blickten erwartungsvoll erst auf Zev, dann auf mich, offenbar hatten sie über uns gesprochen. «Ja», sagte Lisa, «was war gestern? ... Mit Dave?» Zev atmete tief ein, schaute in die Runde, standfester Blick, und sagte: «Erst war alles cool, wir haben uns gut unterhalten, er hat mir erzählt ein paar Dinge über seinen Sohn und die NSA. Aber dann wurde er komisch plötzlich. Aggressiv, richtig verruckt. Er hat geschimpft auf mich und verboten, den Text zu schreiben.» Mir fehlten die Worte, ich war fassungslos, wie kam er nur zu dieser Lüge. «Warum?», fragte Marcus. «Ich weiß nicht», sagte Zev, «er ist verruckt. Er hat gesagt, wenn der Artikel erscheint, verklagt er mich.» «Er hat zu viel geredet», sagte Lisa, «ganz klar. Dann hat er es bekommen mit der Angst.» Die anderen nickten. Sie glaubten ihm. Ich war schockiert, schwieg weiter. Zev stockte einen Moment, fuhr dann fort: «Er hat gedroht, sein Sohn werde die CIA über mich informieren.» «Die CIA!», rief José, «wir müssen sofort die Finger von das Ding lassen. Die sind gefährlich!» Jetzt waren sie alle aufgescheucht. Die CIA schien furchteinflößender als die NSA. Zev sagte: «Es war schlimm. Ich hatte richtig Angst vor ihm.» Mir reichte es, was für einen Irrsinn redete er da, ich musste mich zusammenreißen, um nicht grob zu werden. Ich sagte: «Gut Leute, dann schreibe ich den Text. Ich bin Ausländerin, mir können die nichts anhaben.» Zev sah mich erschrocken an, saß stocksteif da, mit so etwas hatte er nicht gerechnet, undenkbar, dass ich ihm nicht zur Seite stehen, ihm sogar in den Rücken fallen würde, er schien schockierter noch als ich. Marcus sprang ihm bei: «Das kannst du nicht machen, das fällt dann ja auf Zev zurück.» Sie nickten einhellig, nein, das konnte ich nicht machen, das fiel dann ja auf Zev zurück. «Ihr wollt also keinen Artikel über Snowden und die NSA im Blatt haben?», fragte ich. «Nein!», riefen sie. Selten waren sie sich so einig. Zev sackte erleichtert in seinen Stuhl zurück. Ich schob meine Unterlagen zusammen und beendete die Stunde, viel zu früh. «Wir machen Montag weiter», sagte ich. Kurzes betretenes Schweigen, dann umringten die anderen Zev und wollten Genaueres wissen, er würde wohl weiterlügen müssen. Im Flur kniete die Römerin vor einer Kartonkiste mit korrigierten Hausaufgaben, sie sortierte ganze Stapel um. «Kommst du mit an die frische Luft?», fragte ich, «ich muss dringend raus hier.» «Gerne», sagte sie und legte die Papiere in die Kiste. Ich wusste, Zev sah uns hinterher.

Schon wieder ein Gespräch über die CIA, es war, als ob die Thriller-Welt plötzlich in die Realität einfiele. Die Frau eines Kollegen war zu Besuch. Alle paar Monate klingele es bei ihr, erzählte sie, die mit ihrem Mann und zwei Kindern ein Einfamilienhaus in Christopher Newport bewohnte, im Einzugsgebiet der größten Militärstadt Virginias, und dann stünden zwei oder drei Männer an ihrer Tür, mit langen Mänteln, Sonnenbrillen und undurchschaubaren Mienen, wie aus einem Film. Sie zückten ihre Ausweise, hielten sie ihr dicht vors Gesicht und erklärten, sie seien von der CIA. Jedes Mal stellten sie dieselben Fragen, ob ihr in der Gegend etwas aufgefallen sei und ob der Nachbar zu ihrer Linken Dinge tue, die ihr suspekt erschienen. Sie sage jedes Mal, der Nachbar verhalte sich ganz und gar unauffällig. Die Agenten würden dann zum nächsten Haus gehen und sich so durch die ganze Straße fragen. Sie glaube nicht, dass jemand den Nachbarn gewarnt habe, man wolle schließlich nicht in etwas hineingezogen werden, das mit einem selber nichts zu tun habe. Aber natürlich betrachte sie den Mann jetzt mit kritischen Blicken und frage sich, warum die CIA sich so für ihn interessiere. Stasi-Methoden in den USA.

Post von Rothman. Man wolle der unruhigen Weltlage Rechnung tragen und habe angesichts der terroristischen Bedrohungen zum Herbstsemester einen auf Traumata spezialisierten Psychologen eingestellt, der mögliche Ängste der Studenten behandeln solle. Der Psychologe sei bereits auf dem Campus, Termine könnten vereinbart werden. Zudem sei der Hinweis eines Regierungsdienstes eingegangen, dass vor Kurzem ein politisch motivierter Anschlag auf eine universitäre Einrichtung im Land vereitelt worden sei. Man möge doch bei gut besuchten Veranstaltungen wie dem bevorstehenden Liederabend ein wachsames Auge haben, ob sich Fremde unter die Studierenden mischten.

Mathilde, Brock und der Mitbewohner hatten Rothmans Brief auch gelesen, sie sprachen gerade über die inflationäre Zunahme von *shrinks* im akademischen Milieu, als ich zu ihnen stieß, alle drei fläzten sich in den abgenutzten Sofas des winzigen Dozentenraums im Keller, die Beine auf die Kisten mit den Fakultäts-Shirts gelegt, Kaffeebecher in den Händen, recht gemütlich alles. Epidemisch sei das mit den *anxiety disorders*, sagte Mathilde, an ihrer Universität leide bestimmt ein Drittel der Studierenden unter Panikattacken und Depressionen, *Ativan, Xanax, Lunesta, Lexotan*, das ganze Medikamentenarsenal kursiere, lauter süchtig machendes Zeug. Am deutlichsten trete das alles auf Seminarreisen zutage, wenn die Studenten aus ihrer Routine gerissen seien, das überfordere viele, weil sie immer geschont worden seien, man alle Unannehmlichkeiten von ihnen ferngehalten habe, damit nichts sie verstöre, dann drehe häufiger einer durch, sie habe schon mehr als eine Nacht auf einer Notfallstation verbracht. Der Mitbewohner erzählte, er habe zu Jahresbeginn einen Studenten auf einer Reise nach Deutschland dabeigehabt, der so seltsam gewesen sei, dass keiner mit ihm das Zimmer habe teilen wollen, schon im Flugzeug habe er wildfremde Leute mit solch wirrem Zeug vollgequatscht, dass das Flugpersonal über die Bordlautsprecher die Dozenten ausgerufen habe, in München sei er dann verschwunden und Tage später von der Polizei aufgegriffen worden, nachdem er sich bei

Karstadt erst in einen Korb mit Männerunterwäsche gelegt und schließlich hineingepinkelt habe. Ausgesprochen heikel sei das alles, ergänzte Brock, weil man offiziell gar nicht wissen dürfe, dass ein Student *mental issues* habe, niemand dürfe wegen psychischer Probleme diskriminiert werden, für deren Offenlegung man sogar verklagt werden könne.

Er saß allein an einem Tisch im Innenraum der Mensa, weitab von den anderen, den Kopf vornübergebeugt, den Rücken gekrümmt, wie ein alter Mann sah er aus der Ferne aus, aller jugendlicher Elan aus dem Körper entfleucht. Er blickte auf, entdeckte mich, gab mir ein Zeichen, gehen wir?, ja, winkte ich zurück, nach dem Kaffee, ich warte draußen; wir verstanden uns ohne Worte quer durch den Raum, ein angenehmes Gefühl, trotz des Unmuts, der immer noch gärte. Gleich fand der deutsche Liederabend statt, Opernsänger aus allen Landesteilen studierten den Sommer über hier, sangen Wagner, Schubert, Strauss, die *Fledermaus, Heidenröslein* und so weiter, auch das trug zum Renommee der Abteilung bei, nicht einmal die Italiener hatten ein solch ambitioniertes Programm. Die meisten Studenten gingen hin, wollten ihre Kommilitonen auf der Bühne sehen, in kleinen Gruppen spazierten sie über die Wiesen und Wege, die Aula lag am anderen Ende des Campus, neben den Sportanlagen, wo Leonard wahrscheinlich gerade Gewichte stemmte. Wir gingen zu zweit, Zevs schleppender und doch tänzelnder Schritt, schwerer als sonst, die Schultern nach vorne geschoben, den Kopf leicht eingeknickt, ich ahnte, wie er aussehen würde als reifer Mann; der Maßgebliche radelte an uns vorbei, «na ihr beiden», mildes Abendlicht streifte über die Wiesen und schmiegte sich an die Gebäude, sanfte Schattenspiele an den Bruchsteinwänden, Vögel zwitscherten exzessiv, letzte Mitteilungen des Tages, Grauhörnchen waren nicht mehr unterwegs, der kostbare Moment des Umbruchs zwischen Tag und Nacht, bald würden die Mücken erscheinen und die Glühwürmchen und die Stinktiere natürlich auch.

«Schämst du dich eigentlich nicht, dass du deinen Freund verraten hast?», fragte ich. Zev schien überrascht: «Nein, überhaupt nicht, das war doch genial, sie alle haben geglaubt es, sogar Lisa. So gut habe ich noch nie gelogen.» «Dave ist doch jetzt dein Freund, nicht wahr?» «Ja klar, wir sind verabredet für eine japanische Teezeremonie.» Eine japanische Teezeremonie. Auch das noch. «Und das Ding mit der CIA? Wie kamst du nur auf diese Idee?» «Das war gut, oder? Fiel mir erst drinnen ein. Das hat sie wirklich beeindruckt.» Wir gingen schweigend, ich betrachtete ihn von der Seite, er tänzelte nun gar nicht mehr, blickte suchend auf den Boden, als ob er Kieselsteine kicken wollte. Schließlich sagte ich: «Aber wenn die anderen Dave begegnen, denken sie, er sei gefährlich und wahnsinnig. Du hast ihn verraten, um dich zu schützen. Das ist nicht in Ordnung.» Wir waren vor der Aula angelangt, Zev zog die schwere Holztür auf, eine Gruppe schwatzender Studenten kam an, er blieb stehen, ließ alle durch, sah mich an und sagte: «Du bist enttäuscht von mir.» «Ja,» antwortete ich, «ich bin enttäuscht von dir.»

Van den Berg, aangenaam, sagt der grauhaarige Holländer, den sie bislang kaum beachtet hat, er lag zwar eine Nacht lang neben ihr, aber nicht sehr nah, ein Tischblock zwischen ihnen; man hat sie in die Businessclass gesteckt, was ein eigentliches Wunder ist, oder vielleicht auch nicht, Hauptsache loswerden, die Unperson, egal zu welchem Preis, wenn die Maschine hinten voll ist, dann eben vorne rein, die allerletzte Maschine, die an diesem Tag von Miami aus über den Atlantik fliegt; ob die wohl ein Abkommen haben mit den Fluggesellschaften, wahrscheinlich schon, ist ja eine amerikanische Airline, die könnten zum Transport von Leuten wie ihr verpflichtet sein; Miami – Amsterdam in der Businessclass, eine Premiere für sie, mit ausziehbarem Bett und anderen Annehmlichkeiten, durchaus wohltuend nach all dem Theater, auch wenn ihr scheint, der Steward verhalte sich auffallend distanziert, geradezu brüsk manchmal, sicher wurde er informiert, eine Staatsfeindin in seinen Reihen, *an undesirable alien,* mit erhöhter Aufmerksamkeit zu behandeln. Sie grüßt den Holländer zurück, den Kaffee in der Hand, stellt sich selber vor, auf Englisch, der Mann macht einen erstaunlich ausgeruhten Eindruck, im Gegensatz zu ihr, sie fühlt die Anspannung in ihrem Gesicht, kommt sich maskenhaft vor und ziemlich alt. Van den Berg muss um die siebzig sein, ein gepflegter Mann mit gebräunter Haut und dichtem Haar, nackenlang und oft gekämmt, er sieht nach gehobener Halbwelt aus oder wie der Seniorchef einer Werbeagentur, ein Mann, der in seinem Leben viele Frauen hatte und mit dem Thema noch nicht fertig ist; sie möchte nicht sprechen, doch er blickt sie aufmunternd an, als ob sie ihm etwas zu berichten oder zu beichten hätte. Was er beruflich mache, fragt sie stattdessen, gerade stellt sie sich ihn als Pferdewettengeschäftsinhaber vor. Psychoanalytiker, sagt er, Lacanianer, um genau zu sein. Anders als bei Psychologen, denen sie nicht viel zutraut und die sie daher kaum zur Kenntnis nimmt, wird sie bei Analytikern ganz zahm und weich, als ob sie schlagartig nackt vor ihnen stünde, was das Gespräch nicht etwa aus Peinlichkeit erschwert, sondern vielmehr erleichtert, weil es vor solchen Leuten sowieso nichts zu verbergen gibt, sie hat eine regelrechte Psychoanalytikeroffenbarungsschwäche, vielleicht auch einen -zwang, das kennt sie schon, und doch ist sie jedes Mal erstaunt, welch ein Damm da bricht und sie in kaskadenhaftes Reden geraten lässt, was natürlich auch einmal analysiert werden könnte. Sie will, und daran versucht sie sich in der halben Stunde zu halten, die ihr bis zur Landung bleibt, alles Libidinöse aus der Erzählung herauslassen, sich auf die Fakten konzentrieren, auf das Problem, das sie seit Wochen umtreibt, und nicht nur sie: Wo ist Zev?

Sie fängt am Ende an, schildert die Begebenheit mit O'Leary, Freeman und Taylor, lässt auch Taylors tastende Hände samt *crotch* nicht aus, sie merkt, wie sich die Empörung, die zwischenzeitlich einer Erschöpfung gewichen war, wieder in ihr breitmacht, sie redet sich in Rage, allerdings nicht laut, mehr flüsternd, der Steward steht penetrant neben ihr, schenkt ungefragt Kaffee nach, bietet Säfte an, zusätzliche Servietten, noch ein Croissant. Bei Van den Berg keine Analytikeranteilnahmemiene, sondern ernsthafte Entrüstung, aber vielleicht irrt sie auch. Sie holt weiter aus, geht zurück in der Geschichte, Van den Berg wirft manchmal eine Frage ein, gibt ein Stichwort, worauf sie in ihrem Gedankengerüst aufbauen kann, sie versucht, sich knapp zu fassen: Ein ungewöhnlich intelligenter Student wird von seiner Dozentin in seinem politischen Engagement gefördert, recherchiert zur NSA und Edward Snowden, steigert sich immer mehr in eine Wut über die Anmaßungen der amerikanischen Regierung hinein, liest darüber hinaus wie im Wahn gesellschaftsutopische Literatur, sucht historische Alternativen zur bürgerlichen Existenz, interessiert sich für die RAF, Alister Crowley, *Weather Underground* und Timothy Leary, alles altersadäquate Lektüre, nur tut er es mit rasender Geschwindigkeit, schläft kaum noch, schwänzt nicht nur bei ihr den Unterricht, handelt sich Ärger mit Kommilitonen und Direktion ein, sieht von Tag zu Tag wirrer aus, die Haare ungewaschen, der Bart lang und ungepflegt, kein Hipster mehr, sondern ein Freak, wie kann man sich nur derart verändern in so kurzer Zeit. Dann, der Zufall, der allesverändernde: Sie lernt im Wald den Vater eines unbedeutenden Geheimdienstmitarbeiters kennen, vermittelt ihn an Zev, der spricht stundenlang mit dem Mann, erhält Informationen, die einem normalerweise verwehrt bleiben, Dinge, die heute, Monate nach Beginn der NSA-Affäre, nicht mehr erstaunlich sind, weil man sich an all die Ungeheuerlichkeiten gewöhnt hat, die damals aber noch ganz und gar unvorstellbar waren, was an sich wieder ungeheuerlich ist, solch eine Gewöhnung. Zev erzählt ihr von ominösen Gruppen im Süden, regierungskritischen Zellen, die untereinander lose verbunden seien, davon, dass die europäischen Geheimdienste eng mit der NSA kooperieren, zuvorderst die Engländer, aber auch die Deutschen, gedeckt von ihren Regierungschefs, dass darum niemand etwas zur Klärung unternimmt außer den Medien, dass die Regierungen alles verschleppen und verschleiern, dass es regelrechte Wissens-Komplotte gibt, dass auch die deutsche Bundeskanzlerin eine Verschlepperin und Verschleierin ist, weil auch sie, die Komplottkönigin, fundamentale Angst vor dem hat, was die Welt schon bald verändern könnte, antikapitalistische Revolutionen nämlich, von Neo-Marxisten und anderen Gruppierungen initiiert, und das global, weil man zwar *Occupy Wallstreet* aufgerieben hat, aber das nicht das Ende des Widerstands ist, nein, weil der Widerstand noch am Anfang steht und er, Zev, da hineinmöchte, ganz tief hinein, aber noch nicht weiß, wie.

Van den Berg lässt sich nun selber Kaffee nachschenken,

lauscht ihr aufmerksam, die These von den antikapitalistischen Revolutionen als größte Bedrohung ist ihm neu. Sie erzählt von der plötzlichen und sie völlig überraschenden Rückverwandlung Zevs in einen zwar freakigen, aber im Übrigen normal wirkenden jungen Mann aus gebildetem urbanem Elternhaus, davon, dass die ganze Raserei wie durch ein Wunder aus seinem Blick verschwunden und sein Interesse für die NSA schlagartig auf Null gesunken ist, ja, er sich vielmehr geweigert hat, sich überhaupt noch mit dem Thema zu beschäftigen, weil das viel zu gefährlich sei, weil er Angst habe vor der NSA und weil das Ganze Dimensionen habe, die wir alle gar nicht verstehen könnten. Ihre Enttäuschung über diese Wende, die sie als Einknicken verstanden hat, erwähnt sie nur am Rande, ohne Van den Berg dabei anzusehen, sie sagt, dass es Momente gegeben hat, in denen sie Zev nicht mehr getraut, nicht gewusst habe, was er wirklich im Schilde führe, vor allem, weil er den Kontakt zu Dave weiter pflegte, was doch angesichts Daves und seiner Nervosität seltsam war. Sie verschweigt, dass sie am Abend vor ihrer Abreise zu Dave nach Hause gefahren ist, nachdem sie seine Adresse von einer Bibliothekarspraktikantin erhalten hatte, sein Haus gesucht und gefunden hat, ein dunkelbraun gestrichenes Holzhaus mitten im Wald, dreißig Kilometer von Miltontown entfernt, nur aus der Ferne hat sie es sehen können, zwischen den Bäumen hindurch, eingezäunt war das Grundstück nicht, dafür war es zu groß, doch es wäre zu auffällig gewesen, näher heranzufahren, so hat sie auf der

Zufahrt gewendet, als habe sie sich verirrt, ist mit klopfendem Herzen weggefahren, weil sie sich als Spionin lächerlich und unprofessionell vorkam, als eine Spionin ohne konkreten Verdacht zudem.

Die Maschine setzt zum Landeanflug an, und sie kommt in ihrem Bericht zu dem Treffen in jener Nacht, bevor Zev verschwunden ist, als er ihr das Blatt Papier, das ihr jetzt zum Verhängnis geworden ist, zusammengefaltet in ihre hintere Hosentasche gesteckt hat, *just in case*, hat er geflüstert, unten am Fluss, in dem verwahrlosten Wäldchen bei der Hängebrücke, wo er sie hinbestellt hat und wo kein College-Kid sich jemals hin verirrt, weil es schon tagsüber gruselig ist, und weil es in Miltontown tatsächlich Junkies gibt, die dort dealen und spritzen, drogensüchtige *townies*, wie man sie auf dem Akademikerhügel oben nennt, auf dem zwar wie verrückt gekifft wird, aber nicht gespritzt, da Heroin die Verliererdroge ist und man im College auf der Gewinnerseite steht. Wie er sie flüchtig umarmt hat und dann durch diesen grässlichen Wald davongestolpert ist, wie sie in der Dunkelheit dagestanden hat inmitten der schief und dicht wachsenden Gehölze, wie sie zitternd vor Aufregung zurückgefahren ist und sich verstört ins Bett gelegt und auf seinen Anruf gewartet hat, der nie kam.

Er ist verschwunden und nicht wieder aufgetaucht?, fragt Van den Berg. Ist denn noch etwas anderes vorgefallen? Jetzt hat er ihn drauf, diesen Ich-bin-Psychoanalytiker-verbergen-Sie-nichts-vor-mir-Blick. Sie zerbröselt ihr Croissant und lässt die Krümel liegen. Er ist verschwunden und nicht wieder aufgetaucht, sagt sie. Anrufen konnte sie nicht, sein Handy habe er wohl entsorgt, aber zwei Postkarten habe sie im Laufe der Monate erhalten, fügt sie schließlich an, die erste zu ihrem Geburtstag, da habe Zev geschrieben, sie würde ihn kaum wiedererkennen, er *streife mit Kippa, gestohlenem Hut und Mantel durch eine irre Stadt*, die zweite habe eine uralte Immergrüne Magnolie als Motiv gehabt. Beide seien in den USA abgestempelt worden. Dass auf der zweiten *Ich warte mit behaltendem Atem auf unsere Treffung* geschrieben steht, sagt sie nicht.

Der Steward bittet Van den Berg zum zweiten Mal, seine Rückenlehne gerade zu stellen, was der tut und sie auffordernd ansieht dabei. Also erzählt sie ihm, dass sie sich tatsächlich schuldig gemacht hat, weil sie sowohl die Postkarten als auch Zevs seltsamen Zettel vor niemandem erwähnt hat, nicht vor Rothman und auch vor niemandem sonst, dieses Papier mit den kryptischen Zahlenreihen und einem von Hand gezeichneten Lageplan, der sie an Pfadfinderzeiten erinnert, den sie aber so lange studiert hat, bis sie den Ort anhand der Straßennummern endlich im nördlichen Florida lokalisiert zu haben glaubte, den Bildern auf googlemaps nach zu urteilen, eine Reihenhaussiedlung mit mehr als hundert nahezu identisch aussehenden, mausgrauen Häusern in den Suburbs von Orlando, was auch zu der Postkarte mit der Magnolie passte. Sie hätte Rothman gegenüber den Zettel erwähnen müssen, als der sie letzte Woche in Berlin angerufen hat, um ihr mitzuteilen, dass nach Zev gesucht werde, und sie darüber auszufragen, ob sie etwas mit seinem Verschwinden zu tun habe, eine Studentin aus ihrem Kurs habe das angedeutet, und auch Zevs Mutter habe ihren Namen erwähnt, die Polizei habe von Sabotage gesprochen. Sie hätte selbstverständlich der Mutter eine Kopie oder eine Nachricht schicken müssen, damit die sich selber auf die Suche nach ihrem Sohn hätte machen können, aber erstens habe sie sich gescheut, Kontakt mit der Mutter aufzunehmen, und zweitens habe sie ja selber nicht gewusst, was die Kritzeleien bedeuten, die sie Monate zuvor erhalten hat, vielleicht waren die ja auch nur einem Hang zum Drama geschuldet, die Wichtigtuerfantasie eines jungen Mannes, der mit seinen angeblichen Aktivitäten in irgendeinem Untergrund angeben wollte. Aber jetzt, da das ganze Unterfangen am Immigrationsschalter von Miami brutal gescheitert ist, sie Zevs möglichen Aufenthaltsort den Behörden quasi direkt in die Hände gespielt hat, fühlt sie sich noch schuldiger, denn hätte sie von Berlin aus jemanden in den USA informiert, statt sich selber auf die Suche nach dem Studenten zu machen, hätten die ihn bestimmt aufspüren können. Da sie aber offenbar zu den Leuten gehört, deren Computer von der NSA angezapft werden, kann sie niemanden mehr auf dem üblichen Weg Nachrichten zukommen lassen, zumal Zevs Eltern sicherlich auch überwacht werden.

Warum vertrauen Sie Zev nicht einfach?, fragt Van den Berg, er wird doch wissen, was er tut, und die Situation allein meistern. Sie zuckt zusammen, als ob er ihr gesagt hätte, sie sei eine Übermutter, die den Sohn mit ihrer Fürsorglichkeit überwölben und letzten Endes vernichten will. Die Maschine setzt auf, gleich wird die Unruhe des Aufstehens und Drängelns beginnen, als ob man nach neun Stunden Flug nicht noch weitere fünf Minuten dasitzen könnte; auch Van den Berg zieht sein Jackett schon an, nestelt in der Innentasche herum, reicht ihr seine Visitenkarte, zückt einen Kamm, fährt sich damit durch das dichte Haar und guckt sie freundlich zwinkernd an, vieldeutig auch, als ob er ihr sagen wollte: Glaub bloß nicht, dass ich dir alles glaube.

Samstag.

Talentabend, ein Highlight des Sommers. Wer älter als einundzwanzig war, durfte Alkohol trinken. Außer Lisa wollten alle hin. Es wurde gesungen, getanzt, rezitiert, eine Studentin las ein langes Gedicht über ihre Kindheit im somalischen Bürgerkrieg, betroffenes, bewunderndes Schweigen im Saal. Deb und ihre Freundin Kelly führten Loriot auf, *Frühstück mit Ei*, Deb als Ehemann mit schwarzem Schnauz und tiefer Stimme, sie war ein Showtalent, fröhliches Gelächter. Urmel, die freundliche Linguistin und ein paar andere Professoren saßen an den vordersten Tischen, hinten drängelten sich stehend die Studenten, es war brechend voll, nur Zev fehlte. José tanzte mit einem sonst eher unscheinbaren Mädchen einen engen Kizomba, sehr sexy die beiden, das Publikum johlte. Die Moderatorin bat drei Studentinnen nach vorne, legte ihnen Augenbinden um. Das Licht ging aus, auf der Leinwand erschien Kollege Brock in Schwarz-Weiß, überlebensgroß und splitternackt, die Hände vor dem Geschlecht in pastoralem Gestus gefaltet, anerkennende Rufe und Pfiffe; Brock selber war nicht im Raum, überraschte aber durch viel Brusthaar, nie hatte ich mir über seine Nacktheit Gedanken gemacht, nun würde ich sie nicht mehr vergessen. Ein monströser rosa Kartonpenis samt Hoden wurde der ersten jungen Frau in die Hand gedrückt, sie musste ihn blindlings auf Brocks nackten Körper kleben, sie tastete die Leinwand ab, entschied sich für eine Stelle, lautes Gelächter, der riesige Penis wuchs Brock aus dem Knie; die zweite Studentin traf besser, doch hing das schweinchenfarbene Ding trostlos zu Boden; die dritte schaffte es, den Penis zielgenau zu platzieren, in erigierter Form, allgemeines Toben und Pfeifen. Urmel schaute bitterböse, die anorektische Evangelikale wurde blass und verließ den Saal, das würde ein Nachspiel geben, man sah Rothman schon eine Rundmail schreiben.

4. August 2013 – Laut *Spiegel* leitet der BND in großem Umfang Metadaten aus der eigenen Fernmeldeaufklärung an die NSA. Die amerikanischen Abhörspezialisten unterhalten auf dem Gelände der Mangfall-Kaserne im bayerischen Bad Aibling eine eigene Kommunikationszentrale. Deutsche Innenpolitiker reagieren empört auf die Datenweiterleitung und auf die Tatenlosigkeit der Kanzlerin.

Einer dieser glühend heißen Sonntage. Sportveranstaltungen überall, man spielte Volleyball und Tennis in der Mittagshitze, die meisten Studenten ohne Kopfbedeckung, das Fußballturnier war abgesagt worden, einer hatte sich in der vorigen Woche zwei Rippen gebrochen, nun drohte vonseiten der Eltern eine Klage. Zev spielte weder Fußball noch Volleyball noch Tennis, insofern interessierte ihn das alles nicht. Er verbrachte den Tag allein in seinem Zimmer, abends tauchte er kurz in der Mensa auf, bereitete sich ein Sandwich zu und verschwand wieder, mit mir sprach er nicht.

Wir betranken uns zu Hause, Raphael war zu Gast, er mixte die besten Gin Tonics, ein paar Tropfen Angosturabitter waren das Geheimnis, die Limetten stammten aus dem Bioladen. Die unterhaltsamsten Anekdoten des Sommers wurden erzählt, Rothman, der gedemütigte Konsul, die versteckten Liebschaften, aber auch die schönsten Sprachverirrungen der Studenten, wir lachten sehr über den Jungen aus dem Grundkurs, der beim Lesen eines Textes über van Gogh heimlich das Lexikon benutzt und dann ständig von *Lieferwagen Gogh* geredet hatte. Alle waren munter, aber auch müde, Woche 5 war vorüber; sie wurden laut und lauter, ich ging in mein Zimmer, sah auf das Handy, keine Nachricht angekommen, Gelächter und Gerede verschwammen zu einem großen Brei, ich fühlte mich sehr abgetrennt von den anderen; wie konnte das nur passieren, verliebt in einen Knaben.

Vielleicht war ich so wütend und enttäuscht, weil ich gekränkt war, dass er den Pakt aufgebrochen, den wir ohne Worte geschlossen hatten, ein Thema gegen das gesamte Umfeld mit Leidenschaft zu vertreten, dass er den gemeinsamen Raum verlassen und somit auch mich verlassen hatte. Vielleicht wollte er mir mit seiner politischen Kraft gefallen, so wie ich ihm gefallen wollte, und nun war ebendiese Kraft weg, war unsere Bühne leer gefegt, klaffte da ein Loch und musste neu gefüllt werden, wenn nicht alles zusammenbrechen sollte. Nur: Welches Thema sollte das alte ersetzen?

Montag, die tägliche Presseschau. Zev referierte mit monotoner Stimme, dass Enele Sopoaga vom fünfzehnköpfigen Parlament zum Premierminister des pazifischen Inselstaates Tuvalu gewählt worden war. Irritiertes Staunen in der Runde. Es war das erste Mal, dass er nicht von der NSA-Affäre oder Edward Snowden berichtete.

Abends kam er zu spät zum Essen, die anderen waren schon weg, nur der Maßgebliche und ich saßen draußen und blickten *den Italienern* hinterher, die nach uns in der Mensa dran waren, die Frauen hatten sich herausgeputzt, als ob der Catwalk der Mailänder Fashion Week auf sie wartete, es fand die Theateraufführung ihrer Abteilung statt. Zev holte sich heimlich etwas vom italienischen Buffet, das wie immer besser als unseres war; er setzte sich zu uns, sagte keinen Ton, aß lustlos. Dem Maßgeblichen schien der Sinn nicht nach einer Situation zu stehen, die anstrengend zu werden drohte, einmal hatte er gesagt, er behandle Studenten grundsätzlich wie ein Arzt seine Patienten, mit milder Distanz, vor allem die Jüngeren unter ihnen; er verabschiedete sich schnell. Ich stellte mir vor, wie er später in seinem Dachzimmer sitzen und mit einem Füller filigrane Zeilen drechseln würde, aber vielleicht schaute er auch nur einen Film im Internet.

Ich blickte Zev an, wollte gerade nachfragen, was er hatte, da sagte er schon: «Ich bin in einem anderen Modus.» «In einem anderen Modus», sagte ich, «okay ... und was soll das bedeuten?» Er schwieg, stocherte im Essen, schwieg weiter. Nicht die Nerven verlieren, an den Maßgeblichen denken, Studenten musste man wie Patienten behandeln, das hier als eine Übung in milder Distanz nehmen. «Bist du bockbeinig?», fragte ich, ausgesprochen milde. «Nein!», empörte er sich, «natürlich nicht.» Wir hatten *bockbeinig* vor Kurzem in einem Text entdeckt, zur Belustigung aller, es war zu einem geflügelten Wort geworden. «Vor einer Woche war mein Leben noch in Ordnung, ich bin jung, meine Zukunft war offen, alles war normal. Jetzt habe ich Angst. Ich leide an Lähmung durch Angst. Ich weiß zu viel über sie. Und sie wissen zu viel über mich.»

Wir spazierten über die Wiesen, einmal mehr der Sonnenuntergang, in geschichtetem Mauve und Lila; ich bemühte mich, ihn zu beruhigen, es wollte nicht gelingen; die Sorge, dass er durchdrehen könnte in seinem jugendlichen Größenwahn, er fantasierte einen Flugzeugabschuss über dem Atlantik, als terroristischer Anschlag getarnt, doch im Auftrag der amerikanischen Regierung, er saß in der Maschine. Während seinen Mitstudenten die staatliche Überwachung gleichgültig war, spielte er den Schrecken in all seinen Schattierungen durch, und man wusste nicht, ob die Wahrheit nicht näher bei ihm lag als bei den anderen.

Endloser Sommer, das Beruhigende des Repetitiven, der Wunsch, dass es immer so weitergehen solle, immer Spätsommer, immer mildes Abendlicht, immer das Geräusch des schwankenden Schilfgrases, durch das ein lauer Wind streifte, immer offen stehende Fenster, aus denen Lachen erklang, immer dieser Ort, um den sich unsere ganze Existenz drehte: ein paar Metallstühle und ein paar runde Tische unter blauen Sonnenschirmen. Es war das erste Mal, dass Zev einen weniger panischen Eindruck machte, wir saßen in großer Runde, die sich nach und nach verkleinerte, zum Schluss waren wir zu viert, Zev pulte einen Kern aus dem Melonenschnitz, streckte ihn mir auf dem Messer hin, fragte, was dieser einzelne Kern für das große Ganze bedeute, mir war die Frage ein Rätsel, dennoch versuchte ich, mit seiner juvenilen Gedankenwelt mitzugehen, er spottete, mit Frauen könne man nicht philosophieren, die beiden anderen guckten irritiert. Er wollte nicht mehr sitzen bleiben, sagte, «ich will rauchen», wir gingen zum Auto, ließen die zwei Studenten allein, sollten sie doch reden, wieder eine dieser verbotenen Fahrten, in die Stadt hinunter, zur Tankstelle, Tabak kaufen, dann zum Wasserfall auf die Steine, schon beim zweiten Besuch das Gefühl einer rituellen Handlung, so schnell konnte aus *irgendeinem* Ort *unser* Ort werden, von nun an für alle Zeiten besetzt; ich war still erbost, wenn andere diesen Platz ebenfalls zu *ihrem* Platz erklärten, auch sie wahrscheinlich mit einem Gefühl der Ausschließlichkeit, es stahl einem das Exklusive. Wir machten Wortspiele, die Lehrerin und der Schüler in ihrem ureigenen Element, von Seil und Tau ging es zu Schnur und schnurz und schnurren und schnüren und Schnürsenkel, dann zu Faden und fädeln und Fäden, schließlich zu Fehden, und es endete beim Fehdehandschuh, der jemandem hingeworfen wird. Zev wiederholte die Worte immer wieder, wir waren in einem einzigen Faden-fädeln-Fäden-Fehden-Rausch, er unterstrich jeden Begriff mit den Händen, zeichnete feine Linien und dicke Taue in die Luft, schleuderte dem Feind den Fehdehandschuh vor die Füße, ging über zum Duell, sprang wie Rumpelstilzchen über die Wiese, kam zurückgehüpft, zeigte auf das rote Holzherz, das er an einer Schnur um den Hals trug, erzählte, wo er es gefunden hatte, gestolpert sei er, und da habe es vor ihm in einer Pfütze gelegen, am Straßenrand in Manhattan, ein Zeichen, ein Glücksbringer für ihn, er stellte sich die Mädchen und Frauen vor, die es getragen haben könnten, die große Welt des Weiblichen, die noch auf ihn wartete, da baumelte sie, direkt auf seiner Brust, ich sah es mit Neid. Viele Bilder für die Jugend fallen einem ein, das springende Fohlen mit seinen staksigen Beinen, dieses unendlich unschuldige Glück auf der Weide, oder ein Welpe, der sich ermattet einrollt unter seinesgleichen nach dem Spiel, auch Zev schien sich einzurollen, wurde ruhig und zahm und rauchte eine Zigarette, bevor er zum nächsten Abenteuer weitereilte, «lass uns zur Brücke rübergehen, da flattert ein komisches Licht, was ist das denn, und guck mal der Mond, das sieht so idyllistisch aus». Die Hängebrücke war schmal, jeder Schritt ließ sie schwingen, ein leiser Schwindel erfasste mich, drei Lampen schwangen mit, jene direkt über uns flackerte, ging aus und wieder an, dann erneut aus, wir standen einander im Dunkeln gegenüber, das Geländer war überhoch, alles musste immerzu ganz, ganz sicher sein, wir fühlten uns wie Kinder, die Umgebung zu groß für uns, wer übers Geländer gucken oder gar aufs Wasser spucken wollte (und wer wollte das nicht?), musste hochkraxeln, die Füße auf die Holzlatten stützen, sich hochziehen, wir übten und lachten, dann sprach Zev plötzlich wieder von Wörtern, sagte knutscheln statt knutschen, ich erklärte knutschen und schmusen und kuscheln und knuddeln, fein abgestimmte Unterschiede, er wollte über jeden Begriff genau Bescheid wissen, wurde beim Knuddeln geknutscht, und konnte man schmusen, ohne zu küssen, oder was bedeutete das alles auf Deutsch? Die Lampe ging an und aus und dann wieder an, er sagte, «ich will kein Licht jetzt», ich stand vor ihm, konnte nicht mehr sprechen, sah nicht mehr seine Jugend, sondern steckte auf einmal wieder in meiner eigenen, wir waren gleich alt, gleich unerfahren, ich war verstockt und schüchtern, wollte gerade die Hand ausstrecken, da schwang plötzlich der Boden, mir war schwindelig, die Lampe flackerte, jemand kam auf der Brücke auf uns zu, ein Mann, wer war das bloß, einer vom College oder ein *townie*? Es war weit nach Mitternacht, ich drehte mich weg, wollte nicht erkannt werden, drückte mich an das Geländer, spürte das Holz an meiner Wange, es war absurd. Der Mensch ging vorbei, den Hügel hoch, ich wollte über uns reden, über die Unmöglichkeit eines *uns*, sprach stattdessen von Philip Roth und Vladimir Nabokov und auch von Thomas Mann, von all diesen alten Männern also, die unbotmäßiges Begehren in Weltliteratur verwandelt hatten, von alten Männern überhaupt mit ihren jungen Frauen und der gesellschaftlichen Respektabilität dieser Verbindungen. Ich sagte auch, dass Urmel mich vor ihm gewarnt hätte, und nicht nur Urmel, sondern auch andere Professoren, die Mitbewohnerin zum Beispiel. *«Fuck the professors»*, schimpfte Zev laut, «ich bin ein Mann, und du bist eine Frau, und alles ist möglich.» Oben an der Main Street saßen Studenten auf der Mauer und blickten in unsere Richtung, wir hörten ihr Lachen, mir wurde warm, wir müssen weg hier, dachte ich und sagte, «lass uns zum Stammtisch gehen»; einmal in der Woche fand der deutsche Studentenstammtisch in der schicksten Bar des Dorfes statt. Wir gingen wortlos über die Brücke und dann die Stufen zur Main Street hoch, standen einen Moment in der Ausgucknische hoch über dem Wasserfall, spritzende Gischt, wir lehnten an der Backsteinmauer, es war ein diskreter, geschützter Ort, ich fragte mich, wer sollte den Anfang machen, ich wollte, doch durfte es nicht, dann trat ich panisch aus der Nische hinaus, es hätte so einfach sein können, schummeriges Licht leuchtete uns aus dem Lokal entgegen, wir gingen über die Straße, betraten gemeinsam den Raum, die Musik war laut, knapp zwanzig Leute waren um diese Zeit noch da, und alle starrten uns an. Ich stellte mich zu ein paar Kollegen an den runden Tisch, auch ein Spanier war dabei, Zev verzog sich zu den Studenten aufs Sofa nach hinten, wir schenkten einander keine Beachtung mehr, dezidiertes Desinteresse, der Spanier gab mir einen

WhistlePig aus, ich trank den Whiskey viel zu schnell, sprachlos ob der eigenen Verwirrung.

Ich bin ein Mann, und du bist eine Frau, und alles ist möglich.

Auf dem Nachhauseweg kam mir plötzlich mein slowenischer Verwandter Janez in den Sinn, ein Onkel großmütterlicherseits, der sich als junger Mann von seiner Ehefrau hatte scheiden lassen, um seine frisch verwitwete Schwiegermutter Ivana zu heiraten, was wahrscheinlich das Highlight meiner Familiengeschichte war und es auch in anderen Familien wäre. Noch nie hatte ich von einem ähnlichen Fall gehört, die Angelegenheit jedoch vergessen, als Skurrilität abgehakt, irgendwann war die Vorgeschichte sowieso vom Leben verschluckt worden und in den Hintergrund gerückt, man hatte sich daran gewöhnt, dass Janez mit einer zwanzig Jahre älteren Frau zusammenlebte, die eine richtige Dame war und deren Tochter auch wieder geheiratet und Kinder bekommen hatte, die nun also die Enkel ihres geschiedenen Gatten waren. Ich sollte sie bald besuchen, dachte ich, Ivana dürfte eine Greisin von fast neunzig Jahren sein und wahrscheinlich immer noch eine Grande Dame und Janez auch schon Ende sechzig. Und dann kam mir die Idee, dass ein Buch darüber geschrieben werden müsste, über die Liebe zwischen älteren Frauen und jungen Männern, und warum sie so selten als Liebespaar auftauchten, in der Realität wie in der Literatur, so viel seltener als ältere Männer und junge Frauen, über dieses Ungleichgewicht also und über die eigene Scham, die mit so einer Liebe und so einem Begehren verbunden war, eine Scham, die es bei jenen alten Männern nicht zu geben scheint, die sich vielmehr brüsten mit ihrer geglückten Objektwahl, dem Triumph, der ihre anhaltende Attraktivität und Potenz beweist. *Knabenliebe* sollte das Buch heißen, doch das passte nicht ganz, Zev war schließlich kein Knabe mehr, sondern ein Mann, auch wenn das Knabenhafte noch in ihm steckte; trotzdem wäre *Knabenliebe* ein einprägsamer Titel, und vieles läge darin, auch meine eigene Lächerlichkeit und ein Hauch von Selbstironie.

Ich entdeckte Lisa, wie sie im Dunkeln um das Bibliotheksgebäude herumschlich. Vor Daves Bürofenster blieb sie stehen, spähte hinein und huschte dann weiter.

Am frühen Morgen telefonierte ich mit einem alten Freund, einem Buchmenschen. Er sagte, niemand interessiere sich für die Liebesbelange fünfzigjähriger Frauen mit nicht mehr straffen Körpern. Einen Roman über solch eine Frau und ihre Sehnsucht nach einem jungen Mann zu schreiben, sei zum Scheitern verurteilt. Ausnahme: Prominente Fünfzigjährige mit modellierten Körpern, die sich Liebhaber zulegten, die ihre Söhne sein könnten, erweckten mediales Interesse, Madonna etc. Die Frage war nur: Wen scherte das mediale Interesse? Und waren es nicht genau die Frauen mittleren Alters, die am häufigsten Bücher lasen? Später entschuldigte sich der Freund per Mail für seine Worte. Der gnadenlose Blick auf den nicht mehr glatten Körper fünfzigjähriger Frauen aber blieb.

Schon wieder lag ein Zettel von Rothman im Postfach, handgeschrieben diesmal. Rothman erinnerte an den Dozenten-Empfang und freute sich auf *ein kurzes Gespräch am Rande der Veranstaltung.*

«Der Spanier hat dir Schnaps geschenkt», sagte Zev. Deb tänzelte in munterer Früchtchenmanier vorbei, schob José vor sich her, die Hände um seine Hüften gelegt, den Po neckisch in die Luft gereckt, das glockige Röckchen schwang. Marcus ging hinter ihnen, neben ihm eine Studentin aus der Unterstufe, beide kommentierten das frivole Geschehen nicht, liefen schweigend. Beim Frühstück war über das SM-Trio gelästert worden, zwei Männer und eine Frau, von Peitschenhieben war die Rede gewesen, von blutbefleckter Bettwäsche und fausttrommelnden Wutanfällen einer Mitbewohnerin, die nicht in ihr zugesperrtes Schlafzimmer konnte, weil sich das Trio darin gerade austobte. Gegen Ende des Sommers heizte sich die Stimmung auf dem Campus meist auf, aber in diesem Jahr war die Spannung scheinbar besonders gestiegen. «Ja, hat er», sagte ich, «warum auch nicht?» «Klar», sagte Zev, «warum auch nicht.» Es war heiß, alle zogen an uns vorbei in den gekühlten, lichten und hohen Speiseraum, nur wir saßen schwitzend im Schatten der blauen Sonnenschirme. Man hätte das Thema wechseln, nicht von der vorigen Nacht sprechen können, sondern vom Unterricht vielleicht, von den zwei Texten, die Zev anstelle desjenigen über die NSA abgeben sollte. Doch mit einer Dringlichkeit, die jedes andere mögliche Gesprächsthema abzuwürgen schien, führten die Gedanken und Sätze immer wieder hin zu der letzten Nacht, zu alten Männern und jungen Frauen und den kaum vorhandenen Beispielen für die gegenteilige Konstellation, zum Begehren, dem erlaubten und dem unerlaubten, und endete schließlich in einem eruptiven Geständnis meiner Faszination für ihn, der mühevollen Suche nach dem Grund ebendieser Faszination für einen jungen Mann, der der eigene Sohn hätte sein könnte. «Du bist so, wie wir waren», war die einfachste Erklärung, die sentimentalste auch. Er war so, wie sie es heute kaum noch waren. Diese Erklärung führte zurück in die Zeit der Jugendunruhen, der besetzten Häuser, der Pflastersteine, der epischen Diskussionen in maroden Hallen, der lautstarken Proteste gegen Opernhaussubventionen; es war dieses Suchende in ihm, das Lodernde und Vehemente, das mich so an damals erinnerte, dadurch wurde er zu einem Teil der Vergangenheit einer Generation, die gar nicht die seine war, ein Teil der eigenen Vergangenheit, ein Teil von mir. «Du greifst eine Schicht tiefer bei mir», sagte ich, und er saß ein Weilchen stumm und wohl auch verstört da, bevor er antwortete, dass ihm *nicht nur das sprachliche, sondern auch das emotionale Vokabular* fehle, um selber solche Sätze sagen zu können, dass er sich nicht trauen würde, einen Satz zu sagen wie: *Du greifst eine Schicht tiefer bei mir.*

Das neue Thema war gefunden. Es waren wir selbst. Von nun an existierte nur noch *die Bühne der Zwei.*

Kurz vor Kursbeginn kam dann eine Mail von Zev. Er werde weder am Unterricht teilnehmen, noch zum Abendessen kommen, er arbeite an einem neuen Artikel, es sei wichtig, sehr wichtig sogar. Ich hegte die Hoffnung, dass er all seinen Mut zusammenfasste und doch noch über Edward Snowdens Enthüllungen schrieb.

Zevs Abwesenheit war beunruhigend, meine Fixierung auf den Jungen noch beunruhigender. Zur Ablenkung erkundete ich mit dem Auto die Hügellandschaft rund um Miltontown, es existierte tatsächlich eine Welt außerhalb des Campus; kurzer Besuch auf einem baumlosen Friedhof an einem steilen Hang weitab von jeder Siedlung, der Blick auf schmale Seen in der Ferne, dahinter die Konturen der Appalachen. Ich entdeckte seltsame Gräber, drei junge Männer, die alle im Dezember 1967 gestorben waren, aber nicht etwa im Vietnamkrieg gefallen, die Inschriften deuteten auf einen kollektiven Suizid oder ein misslungenes Drogenexperiment hin, keiner von ihnen war älter als zweiundzwanzig geworden.

Danach zum Dozentenempfang, ich verzichtete auf den Begrüßungscocktail, Rothman sollte man besser nüchtern begegnen. Professoren aller Abteilungen standen Schlange am Häppchen-Buffet, sichtlich froh über einen studentenlosen Abend. Die Sprachen schwirrten durcheinander, meist wurde Englisch geredet, aber man hörte auch Spanisch oder Französisch, endlich waren Gespräche außerhalb der Abteilungen möglich, man sehnte sich ja doch nach etwas Neuem, ich hielt mich von den Deutschen fern und plauderte wie jedes Jahr mit Marouan, dem pockennarbigen Dichter aus Algier, seit Neuestem war er geschieden, erfuhr ich bald. Rothmans hünenhafter Körper überragte das Gros der Leute, seine ausladenden Gesten taten ein Übriges, er lachte gerade mit Urmel, der freundlichen Linguistin und dem Kollegen mit dem schwäbischen Akzent, dann entdeckte er mich und winkte. Ich ging zu ihm, er nahm mich zur Seite, ein letzter Scherz zu den Kollegen, ich spürte seine Pranke auf meiner Schulter, er führte mich zwischen den Leuten hindurch zu der opulenten Treppenanlage in der hinteren Halle, kein Widerstand möglich, er führte entschlossen, es würde ganz so werden, wie er es angekündigt hatte: *ein kurzes Gespräch am Rande der Veranstaltung.* Ich lehnte mich an die Balustrade, Rothman fragte: «Verläuft der Sommer Ihren Erwartungen entsprechend? Schreitet die Arbeit an Ihrer Zeitschrift gut voran?» «Ja», antwortete ich, «alles geht seinen Gang, wir haben bereits erste Layoutvarianten vorliegen, die Zusammenarbeit mit der neuen Grafikerin, die Sie mir zur Seite gestellt haben, funktioniert einwandfrei. Sie erhalten morgen zwei Texte zur Prüfung.» «Sehr schön», sagte Rothman, «ich freue mich auf die Lektüre. Nur noch eines: Sie sind mit der rechtlichen Situation zum Schutz Abhängiger an amerikanischen Colleges vertraut, nehme ich an?» Sein forschender Blick, ein Wunder, dass er mir nicht wieder die Hand auf die Schulter legte. «Ja», antwortete ich, «voll und ganz.» «Gut. Dann wünsche ich Ihnen einen angenehmen Restsommer», sagte Rothman und ließ mich an der Balustrade stehen.

Vor dem Ausgang eine bemerkenswerte Begegnung mit einer mir Unbekannten, ein erstaunlich intimes Gespräch über die Schönheit der Jugend mit dieser eleganten, fast siebzigjährigen Dozentin der hebräischen Abteilung, die ein Seminar über Psychoanalyse leitete, ein Gespräch, wie es nur unter Fremden möglich ist, die einander nie wiedersehen werden, es war ihr letzter Sommer in Miltontown. Sie habe, erzählte sie, über Jahrzehnte eine schwierige Ehe geführt, ihren Mann aber nicht verlassen wollen. Als ihr Sohn sich vom Knaben zum Erwachsenen wandelte, sei ihr – nicht ohne Scham – bewusst geworden, dass er, wäre er nicht ihr Sohn, genau ihrem Geschmack entspräche, zumal er sie an ihre Jugend erinnere. Erotischen Gefallen am eigenen Kind zu finden, habe sie aber verschreckt, trotz des aus professioneller Sicht interessanten Verlangens. Diese auf eine ungeeignete Person konzentrierte Libido sei dann der Grund gewesen, warum sie sich einen Liebhaber zugelegt habe, ein Verhältnis, das mehr als zehn Jahre angedauert habe, aber noch vor dem Tod des Ehemannes von ihrer Seite aus beendet worden war. Angesichts der tabuisierten und womöglich gar nicht seltenen Begebenheit, den eigenen Sohn zu begehren, schien mir meine eigene Aufgewühltheit wie eine Lappalie, und ich ging vergnügt durch den Wald nach Hause, wo ich im Dunkeln eine weitere eigentümliche Begegnung hatte, diesmal mit Dave, erst entdeckte ich seinen Hund, dann ihn selbst. Dave kniete abseits vom Weg auf dem Boden, schaufelte mit den Händen Erde in eine Kuhle und klopfte alles fest. Ich wartete hinter einem Baum. Dave stand auf, entfernte sich, der Hund rannte hinterher, ich ging zu der Stelle, schob mit dem Schuh die frische Erde weg. Ich konnte nichts Auffälliges darunter entdecken.

> **9. August 2013** – NSA-Chef Keith Alexander erklärt, die NSA werde 90 Prozent ihrer rund eintausend Systemadministratoren entlassen. Nur so könnten weitere Lecks verhindert werden. Maschinen sollen die Arbeit übernehmen, das erhöhe die Sicherheit.

Am nächsten Mittag dann endlich Zev. Er kam angeschlurft, ein breit gefaltetes grünes Tuch um die Stirn, baute sich vor mir auf und sagte: «Können wir über meinen Text sprechen? Mit vier Augen?» Ich verließ den Tisch, an dem ich mit den Kollegen gesessen hatte, nichts Ungewöhnliches war dabei, Dozenten führten oft Einzelgespräche mit Studierenden, wir setzten uns auf zwei Stühle hinten im Schatten an der Bruchsteinwand, ich aß weiter meinen Linseneintopf, den Teller auf dem Schoß, Zev trank nur Tee. «Ich möchte, dass dieser Artikel veröffentlicht wird, es ist wichtig», sagte er. «Mal sehen», antwortete ich, «kommt drauf an, wovon er handelt. Ich muss ihn erst lesen. Passt er denn ins Konzept?» «Er geht um uns», sagte Zev. «Wie meinst du das: um uns?» «Um dich und mich.» «Um Himmels willen, Zev, egal, was da drin steht, du wirst auf keinen Fall einen Text in der Zeitschrift veröffentlichen, der sich um uns dreht. Unser Verhältnis ist auffällig genug, wir müssen das nicht noch thematisieren.» Er stand abrupt auf, brachte meinen Teller weg, kam zurück, sagte: «Gehen wir?» Innere Unruhe, was er als Nächstes vorbringen würde, was er über uns zu sagen hatte. Wir gingen quer über die Wiese, ich achtete darauf, dass niemand in der Nähe war, alles deutete auf eine Peinlichkeit hin, für mich oder für ihn oder für uns beide. Dann sagte er ihn, den Satz, der so bitter war, dass er eine unmittelbare physische Reaktion hervorrief, eine Anomalie des Herzschlags, ein Stolpern, spürbar von der Halsschlagader bis hinunter in die Körpermitte, ein bedrohlich rasendes, arhythmisches Klopfen: «Wir haben eine Mutter-Sohn-Beziehung.»

Peng. Sechs Wörter. Und alles vernichtet.

Ich stand da, das Grün der Wiesen um mich herum, das Grün von ganz Neuengland, ich war sehr klein, wollte zwischen den Gräsern verschwinden, den Feldblumen und den Kräutern, wollte versinken vor lauter Peinlichkeit, wie kann man sich so irren. Und dann explodierte ich doch, wurde nicht so laut, dass es Aufsehen erregt hätte, aber dennoch zu laut, blaffte diesen Jüngling an, machte ihm eine Szene, vielleicht die erste in seinem Leben, wer wusste das schon: Mutter und Sohn, was für eine Unverschämtheit, welch eine billige Ausrede, wie konnte er sich nur so herauswinden aus dieser Angelegenheit, genau so, wie er sich aus der Geschichte mit der NSA herausgewunden hatte, zu weit vorgewagt und dann einen Rückzieher gemacht, ein Schwätzer eben, das hatte schon Urmel gesagt. *Ich bin ein Mann, und du bist eine Frau, und alles ist möglich.* Lachhaft, dieses Mutter-Sohn-Ding, und so verdammt angepasst und brav, so gesellschaftskonform, natürlich, eine mittelalte Frau und ein junger Mann, das konnte nichts anderes sein als Mutter und Sohn, ich hasste sie alle, die fünfzigjährigen Männer, die mit der größten Selbstverständlichkeit mit jungen Frauen schliefen, nun brüllte ich doch, und er atmete schwer, eine Überforderung für ihn, hier, mitten auf der Campuswiese, wo seine Kommilitonen in aller Unschuld vorbeischlenderten und nicht ahnten, worum es ging, gleich würde er davonrennen, zu Rothman wahrscheinlich, *harassment, harassment.* Doch er blieb stehen, drehte sich nicht weg, sondern fragte: «Fühlst du dich jetzt von mir verlassen?» Was für ein unglaublicher Junge, gerade mal zwanzig Jahre alt und zu solchen Sätzen fähig, zu solch einem Selbstbewusstsein seiner Dozentin gegenüber, und ich entblödete mich nicht, ihm zu antworten, mit nun ruhiger Stimme: «Ja Zev, ich fühle mich von dir verlassen.»

Die eigene Wehrlosigkeit aushalten können. Sich jemandem ausliefern, im Wissen, dass man sich lächerlich macht.

Mit José im Kellerraum, wo der Computer mit den Heftdateien stand. José war klug, aber unkonzentriert. So sah sein Text auch aus. Er wollte ihn Wort für Wort durchgehen, was ich verhindern musste, denn oben wartete Zev. Ich durfte den Studenten nur so schnell abfertigen, dass es die Grenzen der Unseriosität nicht überschritt, musste dem Lehrauftrag nachkommen. Eine Hetze durch diesen Artikel also, Grammatik und Orthografie waren schnell bereinigt, nicht aber die logischen Fehler, zumal José auf seiner Unlogik bestand und kaum willens war, die Mängel zu beheben; wir kämpften uns durch den gesamten Text, bauten um, schoben, erweiterten, Streichen ging kaum, er hing an jedem Wort. Ich bekam ungeheuer schlechte Laune. Nur noch zwanzig Minuten Zeit bis Kursbeginn, ich verspürte das dringende Bedürfnis, Zev zu sprechen, hatte ihn nach dem Verlassenheits-Dialog vorhin auf der Wiese stehen lassen, war wie ein bockiger Teenie davongelaufen, Erleichterung also über seine SMS: *bin draußen. kommst du?* Leonard klopfte an die Tür, auch das noch, er wollte wissen, wann wir über seinen Text sprechen könnten, der ihm unerwartete Schwierigkeiten bereite und eher bruchstückhaft vorhanden sei, genau genommen habe er erst den Anfang geschrieben, und danach werde es kompliziert, zudem habe er die zu Porträtierende kein zweites Mal interviewen können, was nicht sein Fehler sei, sondern ihrer, sie sei zurzeit mit Tennisspielen beschäftigt. Jetzt kamen plötzlich alle angeschlichen, tagelang hatten sie sich verzogen und vollmundig behauptet, dass ihre Artikel nahezu fertig seien, nur der letzte Schliff fehle noch, und jetzt das. Man kannte das ja, war selber nicht anders gewesen. Ich speiste José und Leonard mit einer Ausrede ab und verließ den Raum, Material für den Unterricht holen etc.

Zev saß auf einem der breiten Holzstühle unter dem Ahornbaum, ich setzte mich daneben, wir sahen die freundliche Linguistin auf uns zukommen, Bücher unter dem Arm, Zev blickte sie grimmig an, dieses Dunkle wieder, die Haare, die Brille, der Blick, sie bog ab, winkte nur von Weitem, traute sich wohl nicht näher, ich war froh für sie, Zev hätte ihr eine Abfuhr erteilt, wahrscheinlich irgendetwas Sarkastisches über Redaktionssitzungen im Schatten von Bäumen gesagt. «Ich muss mich entschuldigen», sagte er, «ich benenne Sachen manchmal zu früh, um sie zu enden.» «Du hast die Tür zugeschlagen», antwortete ich. «Aus Angst», sagte er, «ich weiß nicht, was ein Verhältnis mit dir bedeuten würde.» «Das weiß man nie in Liebesdingen», antwortete ich. «Beziehungen müssen eindeutig sein», sagte er. «Nein, ich bin gegen das Eindeutige, mich interessiert das Unbestimmte, das Dazwischen, eindeutige Beziehungen machen mich krank, ich ersticke darin», sagte ich. «Wärst du zwanzig Jahre jünger ...», sagte Zev. «Ja klar, oder du zwanzig Jahre älter», entgegnete ich, mehr grob als freundlich; beide hatten wir zehn Jahre unterschlagen. Ein Räuspern, jemand stand hinter uns. Es war Lisa. Sie starrte uns an.

Sie kicherten alle andauernd, waren überarbeitet und übermüdet, daher latent hysterisch. Nur Lisa saß stumm da, betrachtete uns vorwurfsvoll, wirkte erleuchtet; diese Religiösen waren wirklich schwer zu ertragen. So tun, als ob nichts vorgefallen sei, auch Zev bemühte sich um unauffälliges Verhalten und kritzelte auf seinem Block herum. Das Gespräch drehte sich urplötzlich um Vampire, um gierige Greise, die sich an jugendlichem Blut laben wollen, der schüchterne Marcus sagte *aufgeilen*, die anderen kannten zwar *geil*, aber *aufgeilen* nicht, das Wort gefiel ihnen, sie notierten es. Lisas Blick wurde forsch, fast frech, hoffentlich schwieg sie, ich war wohl das, was sie sich unter einer geilen Alten vorstellte. Es half nur der Angriff, ich spottete über *Weiber wie mich, die Jünglinge in den Hals beißen, sie aussaugen und vernichten wollen,* ein Seitenhieb auf Zev, der panisch blickte und mir später nach dem Unterricht im Flur hinterherrannte: «Du bist sauer.» «Zev, man nennt das Spielen», sagte ich und ließ ihn stehen; ich hatte das Gefühl, dass mir allmählich alles entglitt, dass ich nicht mehr Herrin meiner Worte und auch nicht meiner Taten war.

10. August 2013 – Barack Obama will seine Geheimdienste strenger kontrollieren und ihre Arbeit transparenter machen, verspricht er in Washington. «Amerikanische Führung in der Welt hängt vom Beispiel amerikanischer Demokratie und Offenheit ab.»

Gefangen in der Liebesangst. Erinnerung an die neunjährige Tochter einer Freundin, die «Johann liebt, und zwar vom ersten Tag an». Ihre Sorge, dass der Klassenkamerad sie nicht zurückliebt, ihr stummes, verzweifeltes Entsetzen, als er sie nicht zu seinem Geburtstag einlädt. Die Freundin, die ihre Tochter damit trösten will, dass Johann bestimmt nur Jungs eingeladen habe. Die Tochter, die leise sagt: «Nein, auch Louise.»

Abends ging ich in die Bibliothek, wo ich mir Roland Barthes' *Fragmente einer Sprache der Liebe* auslieh; noch immer hegte ich Bewunderung für diesen Mann und seinen Text, der mit jeder Lektüre wieder anders gelesen werden musste, weil jedes Liebeserlebnis anders gedeutet werden muss, auch wenn sich das Grundsätzliche nicht ändert: Der (oder die) Verliebte katapultiert sich aus der Gesellschaft hinaus, lebt in einer unwirklichen Welt und einem Wahn, der für ihn (oder sie) zur einzigen Wahrheit wird, während er (oder sie) das, was die anderen Wirklichkeit nennen, als Illusion empfindet. Ich bewunderte auch Barthes' unsentimentale Selbstbeobachtung, die trotz aller Tarnung durch literarische Verweise und seinen brillanten Intellekt vor allem eine radikale Selbstoffenbarung ist, die Entblößung eines Einzelnen, die damit den Individualschmerz zu einem allgemeinen macht. Plötzlich sah ich auch jene Männer neu, die ihre Frauen verließen, in mittlerem Alter, mit halbwüchsigen Kindern, meist wegen einer Jüngeren, enge Freunde und Bekannte, über die schnell der hässliche Begriff von der Midlife-Crisis verhängt wurde, der interessanterweise nur auf Männer angewendet wird, spöttisch belächelt auch von mir; auf jeden Fall hatte ich auf einmal ein neues Verständnis für die Verlassenden, weniger für die Verlassenen, mit denen ich mich sonst solidarisierte, Verständnis für Männer, die in der Neuen nicht unbedingt die Jüngere sahen, sondern sich selbst nicht als alt wahrnahmen, so, wie ich mich nicht als die Alte wahrnahm, mir der dreißig Jahre Altersunterschied zwar bewusst war, sie aber nicht spürte, denn es war gar nicht so lange her, dass ich selber zwanzig gewesen war, und so anders war ich ja nicht, das war vielleicht das Entscheidende: dass ich mich weniger verändert hatte im Laufe der Jahrzehnte, als ich angenommen hatte und man allgemein dachte, dass sich die Ideale von damals durch jemand Jüngeren wieder in den Vordergrund schoben, als seien sie nie weg gewesen. Ich spürte also Respekt vor diesen Männern, die sich dem Spott des Umfeldes auslieferten, sich mit ihren roten Schuhen und Cabriolets lächerlich machten und sich von nichts abhalten ließen, auch auf die Gefahr des Scheiterns hin, die einfach nur leben und erleben wollten. Bei Barthes fand ich auch den Gedanken, dass heute nicht mehr das Sexuelle unschicklich war, sondern das Empfindsame, sogar mehr noch als 1977, als er die *Fragmente* veröffentlicht hatte, dass über Gefühle zu reden und zu schreiben mit mehr Scham verbunden war als über Sex, da dieser dem Privaten durch die Allgegenwart der Pornografie längst entrissen war, dass Liebesgefühle das eigentlich Obszöne waren, über die man besser schwieg. Dem stand das allgemeine Mitteilungsbedürfnis Verliebter gegenüber, ein unablässiges Über-den-Anderen-sprechen-Wollen, ein Bedürfnis, das in diesem speziellen Fall unterdrückt werden musste, des ungeeigneten Objektes und heiklen Ortes wegen. Ich musste also gegen die Monothematik nicht nur im Reden, sondern auch im Denken ankämpfen. Und verlor diesen Kampf mit Lust, führte spätabends zu Hause mit den Mitbewohnern ein Gespräch über Zev, über meine Enttäuschung, dass er im Kurs klein beigegeben hatte, ein Maulheld, aber kein Held war, denn Helden will man lieben; der deutsche Kollege verteidigte ihn, sagte, dass wir nicht wissen konnten, wie ein zwanzigjähriger Amerikaner empfand, der sich vor seiner eigenen Regierung fürchtete und sich um seine Zukunft sorgte, dass ihn zu verurteilen eine Anmaßung sei und sein Handeln vielleicht einfach nur sehr klug, was ihn hintenrum wieder zum Helden machte.

Erste Gedanken an die Notengebung. Auch hier regierte die Angst des Colleges vor Klagen, diskrete Hinweise kamen vonseiten der Direktion, besser also, man verteilte zu gute Noten und wurde dafür in Ruhe gelassen; Gerüchte über die Entlassung einer Professorin an einem anderen College kursierten, Eltern hatten wegen schlechter Noten geklagt, für das College kamen die Kündigung und Abfindung der Professorin günstiger als ein teurer Prozess. Ich entschied mich daher, allen die Bestnote zu geben, egal, wie gut ihre Texte tatsächlich waren. Das Argument konnte sein, eine Zeitschrift zu produzieren sei eine Gruppenleistung. Lisas Artikel waren mit Abstand die dürftigsten, doch Lisa abzustrafen hieße das Risiko einzugehen, dass sie zu Rothman laufen und das belauschte Gespräch mit Zev petzen würde. Beklemmendes Gefühl: in der Hand einer Studentin zu sein. Auch nicht eben heldinnenhaft. Noch eine Woche, dann war das Ganze vorbei.

Raus hier, denkt sie, nicht noch einen weiteren Flug, warum nicht für ein paar Tage in Amsterdam bleiben, Vondelpark, Jordaan, Rijksmuseum, was man so unternimmt in dieser Stadt. Zu Hause wartet nichts Dringendes auf sie, eine verstörte Mutter, die spitze Bemerkungen macht – «Es ist einfach widerlich» –, irritierte Freunde – «Wie konnte dir so etwas passieren!» – und höchstens ein bisschen Arbeit, sie ist ja gerade noch dagewesen, keine vierundzwanzig Stunden war sie weg aus Europa, ein rasender Transatlantikrausch, verwunderlich, dass sie nie die Nerven verloren hat, vielleicht sogar gut, dass alles so gekommen ist, Zev ist alt genug, um zu wissen, was er tut, da hat Van den Berg schon recht, sie muss ihn seinem Schicksal überlassen und ihres davon trennen, es ist ja auch lächerlich, diese Anhänglichkeit, das sagt ihr jeder. Doch sie wird die Bilder von Zev nicht los, wie angeknipst tauchen sie auf, Winzigkeiten reichen, um sie wieder gefangen zu nehmen, die Welt scheint bevölkert von dunkelhaarigen, unrasierten jungen Männern mit schwarzen Brillen, um jede Ecke kommen sie, verschwinden in Hauseingängen, blicken durch Fensterscheiben, sekundenschnell, klug womöglich, womöglich auch nicht – doch sie sind alle nur dazu da, dass sie sich erinnert, dann steigt ihr die Schamesröte ins Gesicht, sie wird atemlos und mag kaum glauben, was sie eine Nacht lang getan hat, und weiß nur: Sie möchte es wieder tun.

Sie steigt in ein Taxi, *Marnixstraat 182 alstublieft*, sagt sie zu dem Fahrer und verstummt gleich wieder, bloß keine Konversation, sie hat heute früh schon genug geredet, doch dem Fahrer scheint auch nicht an einem Gespräch gelegen, er dreht die Musik lauter, *Massive Attack*, das ist ihr recht, sie schmiegt sich in die Ecke, alles schwebt an ihr vorbei; in der Marnixstraat hat sie als Studentin gewohnt, einen eisig kalten Winter lang, pure Sentimentalität ist das jetzt, ein wenig Halt in der Vergangenheit finden, so versichert man sich seiner selbst am besten, sie merkt, dass sie eine Gefühlsduselei zu inszenieren beginnt, vergessene Bilder tauchen auf, der thailändische Transsexuelle in der Wohnung über ihr, der greise Kakadu im Schaufenster der Tierhandlung, der nur an Frauen verkauft werden sollte, *hij is bang voor mannen*, und der *avondwinkel*, das bis ein Uhr nachts geöffnete Delikatessgeschäft, eine kleine Sensation war das, einkaufen nach Mitternacht, dann mit einer Lasagne in der Hand am Brückengeländer stehen und den Schlittschuhläufern hinterherblicken, die über die gefrorenen Grachten zogen, das schabende Geräusch und die Dunkelheit, ohnehin waren Städte damals dunkler als heute, Berlin vor allem, das vermisst sie sehr, dunkle Städte. Sie war kaum älter als Zev, Amsterdam ein Glücksversprechen für halb Europa, ein Hort der Freiheit, nicht nur der Drogen wegen. Drogen haben sie nie besonders interessiert, anders als Zev, der von Aleister Crowleys *abgefahrenem Leben* und seinen *abgefuckten Texten* geschwärmt und verzückt ihrer Erzählung gelauscht hat, wie sie während einer Sizilienreise in Crowleys zur Ruine verfallenes, am Hang von Cefalù gelegenes Haus eingestiegen war, ein Steinhaus mit Meerblick, von Brennnesseln und Brombeersträuchern umwuchert, das der stiernackige Okkultist in den Zwanzigerjahren zu seiner *Abtei Thelema* gemacht hatte, Experimentierort für Heroin-verliebte Sexualmagiker und andere Utopisten mit nur einem Credo: *Do what thou wilt shall be the whole of the Law.* Kann man da wohnen?, hat Zev gefragt und sich eine Zigarette angesteckt. Nein, hat sie geantwortet, es stehen zwar Stockbetten in einem Zimmer, rostige wackelige Dinger, unter bloßem Himmel, weil das Dach eingebrochen ist, und man erkennt in einem Raum noch Crowleys Malereien an den Wänden, aber nein, wohnen kann man da nicht, zu baufällig, das ist bestenfalls ein Treffpunkt für Satanisten und Spiritisten, von der Bevölkerung gemieden, der dämonischen Energien wegen, es gab doch damals diesen mysteriösen Todesfall, 1923, ein britischer Student starb, von bösen Geistern ist die Rede und von vergiftetem Wasser, niemand will das Haus haben, obwohl es seit Langem zum Verkauf steht.

Sie sieht alles vor sich, sie hat diese Momente morgens um vier unzählige Male durchgespielt: Zev, wie er aus dem Bett aufspringt und wegen eines ankommenden Wagens zum Fenster eilt, das Glühen der Zigarette wie ein Kometenschweif in der Dunkelheit, sein Körper nur als Umriss zu erkennen, in einem Raum, in dem es ungewohnt still ist, nicht einmal das Surren des Kühlschranks hört man hier oben, anders als in ihrem Zimmer unten, in dem sie vorher waren, sie haben das ganze Haus in Beschlag genommen, Raum für Raum, als ob sie es mit Leben hätten füllen müssen, und mit Liebe auch, damit es besetzt wäre für alle Zeiten, es hat sich, und das erstaunt sie noch heute, alles ganz selbstverständlich angefühlt, ein Wechsel zwischen Unbeschwertheit und fast tödlichem Ernst, geflüsterte Bekenntnisse, die Bestätigung all dessen, was sie den Sommer über schon gewusst hat. Zev, wie er misstrauisch zwischen den Vorhängen durchlugt und sagt, die bleiben im Auto sitzen, sie sind drei, das ist doch komisch, komm, guck mal, was sind das für Leute, seit wann patrouilliert *Public Safety* zu dritt? Sie, die ihn beschwichtigen möchte, aber auch schon unruhig wird, die ans Fenster geht und neben ihm stehend auf den Vorplatz blickt, er, der sich sachte von hinten an sie drückt, seine Haut an ihrer, der kernig milde Geruch von Jungenschweiß, seine Hand auf ihrer Hüfte, seine langen Haare, die an ihrem Hals kitzeln, der Bart auch. Zev, der plötzlich zurückzuckt und erschrocken flüstert: Kann sein, hinten sitzt die Russland-Spionin, *you know*, die von der NSA mit der komischen Frisur. Dann die Scheinwerfer, die angehen, ein brutal kaltes Licht, der Motor, der angelassen wird, der Wagen, der langsam auf die Straße einbiegt, weg vom Campus, zum Highway hinaus. Zev, der sagt, ich haue ab, es ist schlecht, hier zu bleiben, bringst du mich weg, bitte. Sie beide, wie sie die Treppe nach unten eilen, um sich anzuziehen, ohne Worte, sie hinter ihm her. Im Auto dann Zev, der flucht und zetert, auf Amerika schimpft, eine Hasssalve, *I hate this country, it's turning into a fucking totalitarian system*, Dave hat recht, es ist alles schlimmer, als wir glauben, ich muss ihn sprechen, kannst du mich absetzen in der Stadt?

Diese Nacht und auch der folgende Tag haben sich in ihr Gedächtnis eingebrannt, das denkt sie wieder, während sie sich durch Amsterdam chauffieren lässt, das nicht mehr ihres ist, kein zusammenhängender Verlauf, sondern eher Einzelbilder, jenes etwa, wie Zev an einer Straßenkreuzung aus dem Auto springt, dieser pelztierchenhafte und verzweifelte Wilde, sein düsterer Blick, ihre Vorahnung, dass er etwas unternehmen wird, das sich ihrem Wissen entzieht, der Moment, als er sich besinnt, sich umdreht, sein Stirnband abnimmt und ihr geradezu feierlich in den Schoß legt, bevor er die Autotür zuschlägt und verschwindet; und mittags dann Lisa in der Bibliothek, die zwischen zwei Regalen stehend mit einer Frau flüstert, die wie Mireille Mathieu in Blond aussieht; sie allein im leeren Mückenloch, überall die zerwühlten Betten, wie sie nervös die Sofas und Sessel hin und her rückt, einfach, damit sie etwas zu tun hat, obwohl sie sie schon am Tag zuvor hin und her gerückt hat, ein kleiner Ordnungsschub, bevor sie in einen erschöpften

Tiefschlaf fällt, mitten am Tag; dann dieser Zettel, der unter der Tür durchgeschoben worden ist, Zevs krakelige Schrift, die zwei Sätze: *23 Uhr im Wald hinter unserem Ort. Komm.*

«Er hat meine Hand vergewaltigt!» Marcus schauderte, die anderen lachten. Marcus kiffte nicht, natürlich nicht. Die anderen schon. Deb war dabei gewesen und ihre Freundin Kelly, als Zev nachts vor dem Wohngebäude Marcus ein Dutzend Küsse auf den Arm gedrückt hatte, von der Hand an aufwärts, langsam und sanft, wie Marcus sagte. «Trocken oder feucht?», fragte Deb und kicherte. «Trocken mit Versuch von Feuchte», antwortete Marcus verlegen. «Wie kam's?», fragte ich. «Wir sprachen über filmreife Szenen», sagte Marcus, «und Zev wollte mir eine bieten. Aber das war nicht filmreif, das war eklig!» Zev berichtete später auch davon, mit schlechtem Gewissen, gelegentlich tue er solche Dinge, wenn er zu viel Gras geraucht habe, er neige dann zu pathetischen Handlungen, aber ausgerechnet bei dem scheuen Marcus, das sei schon peinlich, der könne ihn nun bestimmt nicht mehr leiden. Wir saßen zu zweit auf den Treppenstufen vor der Bibliothek, die anderen waren bei der Arbeit, er machte Scherze über Mütter und Söhne, spielte mit beiden Wörtern, wollte provozieren, mich ärgern oder auch nur etwas Abstand gewinnen. Stichelei meinerseits, ich wollte ihn ein wenig quälen mit einem doppelbödigen Kompliment, da es vor zehn Tagen ungebrochen gegolten hätte, doch jetzt nicht mehr. Ich erzählte vom Maßgeblichen, der geklagt hatte, dass Zev der erste politisch engagierte Student seit fünfzehn Jahren in seinem Kurs sei, kaum zu glauben, aber der Maßgebliche, selbst ein Altachtundsechziger und alles andere als ein Spießer, hatte es mehrmals wiederholt, keine politisierten Studenten mehr weit und breit, eine aussterbende Gattung, ein Jammer. «Ich hasse es, wenn du so von mir sprichst, du redest wie eine Freundin meiner Mutter, die immer sagt: ‹Er ist ja ein so besonderer Junge.›» «Das willst du doch, dass ich wie eine Mutter bin», entgegnete ich. Missmutiges Schweigen. Schließlich die Information, dass er am nächsten Tag Dave für die japanische Teezeremonie treffen werde. «Frag ihn, was er im Wald vergräbt», sagte ich. «Muss ich nicht fragen, ich weiß es.» «Was denn?» «Das Handy», sagte Zev, «wenn er verabredet ist mit mir, zum Beispiel.» «Du triffst dich heimlich mit Dave? Auch neulich Nacht?» «Du musst nicht alles wissen ... Mama», sagte Zev. Am liebsten hätte ich ihn geohrfeigt. Ich stand auf und ging.

Wie in einem Film sei es gewesen, als ihn die beiden Agenten in schwarzen Anzügen und weißen Hemden hinter der *Gordon-McCloud-Hall* abgefangen hätten, erzählte der Mann der Römerin, regelrecht aus einer Nische seien die hervorgesprungen, sogar Sonnenbrillen hätten sie getragen. Ein paar Sicherheitsfragen wollten sie ihm stellen, ob er ihnen folgen möge? Sie hätten schließlich in der obersten Etage von *McCloud* in einem Zimmer gesessen, die beiden ihm gegenüber, nun ohne Sonnenbrillen immerhin, aber es sei eindeutig ein Verhör gewesen, höflich zwar, aber schon eigentümlich, zumal er, der ja in der DDR aufgewachsen sei, solche Momente immer gefürchtet habe, es genau solch klaustrophobische Situationen gewesen seien, derentwegen sich in ihm schon als kleinem Jungen eine naive, aber gegen jede Kritik resistente Amerika-Sehnsucht entwickelt habe, die ihn schließlich dahin geführt habe, wo er heute sei: ins amerikanische Universitätssystem. «Was wollten sie denn?», fragte die Mitbewohnerin. «Prüfen, ob von mir keine Gefahr für die Nation ausgeht, bevor ich meine Stelle in Missouri antrete», sagte der Mann der Römerin, «wahrscheinlich denken sie, Ossis sind grundsätzlich Kommunisten.» «Lächerlich», sagte die Mitbewohnerin, und darin waren wir uns alle einig. Die anderen waren entspannt und plauderten, nur ich war angestrengt, ihre Kurse gingen allmählich zu Ende, bei mir zog es hingegen an, stundenlange Sitzungen vor dem Computer, Texte redigieren, Titelzeilen dichten, die ganze Kleinarbeit, immer im Einzelgespräch mit den Studenten, am nächsten Nachmittag der Termin mit Lisa, obwohl Sonntag war, vormittags war ich schon mit Sally und Deb alles durchgegangen, Deb war die Stütze des Kurses, heiter und kokett und witzig auch noch unter Druck. Zev war abgetaucht, wohl immer noch gereizt, ich suchte ihn bei dem Baum, unter dem er gerne las, in der Mensa, ich ging mehrmals an seinem Wohnhaus vorbei, er war nirgends zu sehen, erst am Abend entdeckte ich ihn, er redete mit einer schmalen Blonden, sie schlenderten zusammen über die Wiese Richtung Stadt, ich stand dumm da und wusste nicht, wohin mit mir, traf auf Brock und Mathilda, diesen Sommer hatte ich zu wenig Zeit mit den beiden verbracht, es war immer vergnüglich mit ihnen. Sie verzichteten auf die Mensa, waren mit einer polyamoren Nachwuchswissenschaftlerin verabredet, deren Gastvortrag über Gender-Mainstream ich verpasst hatte, sie aßen unten in der Stadt, ich schloss mich ihnen an. Die Polyamore erklärte uns das Polyamoren-Dasein, was schon Randthema ihres Vortrags gewesen war, worin sie sich begeistert über die Freude von Prostituierten an ihrem Beruf geäußert hatte, so begeistert, dass Urmel entrüstet den Raum verlassen hatte, ein stringenter Feminismus alter Schule vertrug solch launige Äußerungen nicht gut, es folgte also ein monothematisches Gespräch über Sex, Pizza kauend und das offenherzige Dekolleté der

Neuen bestmöglich ignorierend, bis wir gelangweilt waren, nur die Polyamore konnte immer weiter erzählen, doch wirklich ergiebig war das nicht, weder Brock noch Mathilde schienen ernsthaftes Interesse an dem Thema zu haben, und meine Gedanken waren anderswo. Später gingen wir in die Bar in der Main Street, setzten uns auf zwei Sofas in der hintersten Ecke des Raums, die Polyamore räkelte sich, zog lasziv das ochsenblutfarbene Kleid hoch, schob Brock ihren Fuß unter den Hintern, funkelte Mathilde und mich freundlich an, Brock wusste nicht, wie ihm geschah, man sah, wie ihm mulmig wurde, er rückte weg, der Polyamorenfuß hinterher, auf der Jagd nach Brocks Gesäß, es war alles ziemlich lächerlich. Ich ging schließlich im Dunkeln allein über das Collegegelände nach Hause, wachte um drei Uhr morgens auf, das Bild von Zev am Getränkeautomaten, im weißen Rippunterhemd, mit nassen Haaren, tagsüber tauchte es auf und jetzt auch schon nachts, wir hatten beim Essen zu viel über Sex gesprochen, ich griff zum Handy, Zev hatte kurz nach Mitternacht eine Nachricht geschrieben: *hey, wo bist du?* Ich hatte sie nicht gehört, wie ärgerlich.

Morgendliches Telefonat mit Freund Gernot, der gestand, dass er mit Leonard an jenem Wochenende nicht in Montreal gewesen sei. Sie seien vielmehr nach Provincetown auf Cape Cod gefahren, sieben Stunden Fahrt, Leonard habe sich mit Energiedrinks wach gehalten, es sei absurd und auch gefährlich gewesen. Leonard sei wie ein Verrückter in seinem Mercedes gerast, die Polizei habe sie angehalten, er, Gernot, habe es mit der Angst zu tun bekommen, weil man ja bei Leonard nie wisse, ob er Aufputschmittel nehmen würde. Nicht auszudenken, was für ein Skandal das geworden wäre, hätte die Polizei sie festgesetzt. In Provincetown habe er den Studenten dann kaum gesehen, der sei von einer Party zur nächsten gezogen, er selber habe vorwiegend am Meer gesessen und gelesen, was genau das Richtige gewesen sei. Ich beneidete Gernot um sein Abenteuer: heimlich und geglückt, doch frei von emotionalen Wirren.

Jesus war ein Whistleblower! Schon der Titel war ein Volltreffer, und so ging es auch weiter. Lisa saß neben mir am Bildschirm, drehte unablässig den rechten Zeigefinger durch ihre langen Locken, gluckste vor sich hin und freute sich, dass ihr die Überraschung gelungen war. *Jesus war ein Whistleblower!* war ein Aufruf an die amerikanischen Christen, sich gegen die Machenschaften der NSA zur Wehr zu setzen. Lisa sprach darin vom Zwiespalt der Christen, die sich traditionell als Patrioten sähen, sich nun aber tapfer gegen die Regierung stellen müssten, um deren Kritiker zu unterstützen, Männer wie Snowden, Assange und Manning, ja, sie brachte sogar

Bradley Manning mit ins Spiel. Das Streben nach Wahrheit sei eine zutiefst christliche Tugend und überstrahle das kleingeistige Bedürfnis, die Schandflecken des eigenen Landes zu verdecken, denn Jesus habe die Menschen aufgefordert, dem Gerechten zu dienen und sich dafür zu opfern, Jesus wollte, dass Licht ins Dunkle komme, und so müssten rechtschaffene Christen heute die Lügen der Regierung anprangern und Menschen wie Snowden beschützen, Snowden, der wusste, dass er leiden würde, so, wie Gottes Sohn wusste, dass er leiden werde, nur weil er die Wahrheit sprach. Whistleblower kennten das Risiko, aber die Wahrheit sei ihnen mehr wert als ihr eigenes Leben, und sie kämpften gegen das Diabolische, das Böse, das heutzutage überall, aber vor allem in Washington lauere. Im Alten Testament habe man Whistleblower *Propheten* genannt und als das solle man sie auch heute verstehen, als Propheten, als Diener der Liebe und Feinde Satans. Seien wir also mutig, schrieb Lisa, und unterstützen diese Männer in ihrem Streben nach Licht. Ich war sprachlos, fragte, wann sie zu dieser Haltung gelangt sei, sie sagte, das sei bei dem Termin mit der Frau von der NSA passiert, sie habe tief in ihrem Inneren gefühlt, dass diese Frau des Teufels sei. Sie habe daraufhin mehrmals mit ihrem Vater gesprochen, und der habe sie ermutigt, sie brauche sich nicht zu fürchten, der Herr stünde ihr zur Seite. Sie sah mich auffordernd an, mit dem triumphierenden Blick eines Menschen, der lange Zeit missachtet worden war und jetzt zurückschlug, und zwar mit Lust. Ich versuchte, Haltung zu bewahren, wir gingen den Text orthografisch und grammatikalisch durch, ich schrieb *Meinung* darüber und mailte ihn an Rothman zur Prüfung. Am nächsten Tag noch Zevs und Leonards Texte, dann war Schluss. Dieses Land machte einen ganz verrückt.

«Schopenhauer», sagte Zev, «ich will Schopenhauer lesen. Ich ziehe zu dir nach Deutschland in eure Wohnung, lese Schopenhauer und besitze einen Pudel.» Es war Sonntag, der Theaterabend; die Studenten hatten das Stück mit der Schauspiellehrerin gemeinsam entwickelt, erregte Anspannung jetzt, alles tuschelte und raschelte. Der Maßgebliche schob sich an unseren Sitzen vorbei: «Ihr beiden schon wieder.» Das Licht ging aus. «Ich will verantwörtlicher werden», flüsterte Zev, «Moral kann nur durch Mitleid entstehen, dadurch wird Egoismus überwunden, Mitleid nicht nur für Menschen, auch für Tieren. Dave und ich sind einig, wir haben viel gesprochen, er hat mir über Schopenhauer erzählt. Er hat mir auch gezeigt, wie man Tee richtig zubereitet, das ist eine Kunst.» Plötzlich grelles Licht, schrille Töne, Technoklänge, ein futuristisches Szenenbild aus erleuchteten Kuben, sechs Studenten stürmten auf die Bühne, drei

Frauen und drei Männer, einer von ihnen José. Es war ein richtiges Jugendstück, es ging um Träume, Befreiung, zerstörte Sehnsüchte, um Begehren, um Streit, um Freundschaft – aber in erster Linie ging es um Sannas Brüste. Sannas Brüste waren öfter Thema auf dem Campus, *Zuckertüten* nannte die Mitbewohnerin sie, und Raphael erzählte von verwirrenden Momenten im Unterricht, es waren einmalige Brüste, groß und rund und prall bis zur Obszönität, gleichzeitig wirkten sie unschuldig und rein und madonnenhaft, der pudermatten hellen Haut und Sannas freundlichem Wesen wegen. Zev saß regungslos auf seinem Stuhl, alle saßen regungslos auf ihren Stühlen, trotz der Musik, ein ganzer Raum starrte paralysiert auf Sannas Brüste, präsentiert unter einem halb durchsichtigen, weit aufgeknöpften rosa Hemdchen, das zu guter Letzt mit Wasser überschüttet wurde, was aus dem Theaterstück endgültig eine Pornonummer machte, José mittendrin, er gab den Playboy, aufreizend tanzend, es war, als ob der Sommer hier seinen orgiastischen Abschluss fände, eine zügellose Eruption, das hemmungslose Feiern jugendlicher Sexualität, die sich über uns alle legte und uns umhüllte, ich spürte Zevs Bein an meinem, seinen Finger an meinem Knie, wir verharrten so, bis der Applaus begann und alle entfesselt aufspringen ließ.

«Und jetzt?», fragte ich, als wir draußen standen; überall Menschen, die von ihren Abendveranstaltungen kommend über die Wiesen gingen, deutsche, chinesische und französische Wörter stoben durch die Nacht. Der Himmel war aufregend sternenklar, die Studenten blieben stehen, zeigten nach oben, lasen die Bilder, hofften auf Sternschnuppen. «Wollen wir Auto fahren?», fragte Zev, vielmehr fragte er nicht, sondern bestimmte es so. «Warte beim Parkplatz auf mich», sagte ich und lief zum Mückenloch, wo der Wagen stand. Der Mitbewohner war auch auf dem Nachhauseweg, wir gingen gemeinsam, es war dunkel im Wald, der schmale Weg wand sich hinunter zum Teich, von Laternen erleuchtet, Insekten schwirrten, ein Dutzend hell gestrichener alter Holzhäuser waren zwischen den hohen Bäumen verteilt, Generationen von Studenten und Dozenten hatten in ihnen gewohnt, manche der Gebäude waren erleuchtet, aus einigen klang Musik, Silhouetten auf Veranden, Stimmen, Haschischgeruch. Ich musste den Mitbewohner anlügen, warum ich um diese Zeit noch ins Auto stieg: Texte ausdrucken und kopieren für den Unterricht; kopieren war immer gut, kopiert wurde hier ständig, massenhaft *handouts* für die Studierenden, der materialisierte Beweis, dass man etwas tat.

Unruhiges Warten auf dem Parkplatz hinter der Mensa, ich war zu früh. Dann Zev, wie er über den leeren

Platz eilte. Ein kurzer Schreck. Was tat ich eigentlich hier? Er stieg ein, die Fenster standen offen, warme Sommerluft, wir stoppten zuerst bei der Tankstelle, er kaufte Tabak, drehte Zigaretten für sich und mich, dünne krumme Stängel, wir rauchten im Auto, sprachen wenig, weder über die NSA noch über uns, alles war wie weggefegt; wir hörten seine Musik, viel alter Kram, The Doors und Patti Smith, er war eben aus der Zeit gefallen, wie die Römerin schon bemerkt hatte, wir sangen mit, Zev lauter als ich, er trommelte mit den Händen den Takt auf dem Armaturenbrett, wippte und zuckte, erzählte dann, wie er Patti Smith in einem Antiquariat in Manhattan gesehen hatte, dass er sie verehre, sagte, «ein Teil von dir ist wie sie», sang weiter. Wir fuhren an Bauernhöfen vorbei, über hügelige Landstraßen, viel Schwärze um uns herum, plötzlich unkontrolliertes Schlingern am Rande einer Böschung, dann ein Graben, das Gefühl, dass der Wagen kippte, Fahrzeuglichter, die sich näherten, vielleicht hatte ich eine Kante übersehen, die Autobreite falsch eingeschätzt, oder es war der misstrauische Blick auf Zev gewesen, der auf der Suche nach Musik an meinem Handy herumhantiert hatte; ich hatte Mühe, den Wagen wieder in die Spur zu bringen, so etwas war mir noch nie passiert, haarscharf einem Unfall entronnen. Ich wendete, fuhr zurück, wir sprachen kaum noch, mir war flau, auch Zev schien starr vor Schreck, ich lieferte ihn vor seinem Wohnhaus ab, er stieg tonlos aus, es war weit nach Mitternacht. Die Erinnerung an Tomas' und Teresas Ende in Kunderas *Die unerträgliche Leichtigkeit des Seins* flammte auf. Nachts, im Dunkeln auf der Landstraße, das Paar, ganz der restlichen Welt enthoben und dann, plötzlich, der Tod. Schon beim Liederabend, Rothmans Mail mit der Terrorwarnung im Kopf, kam mir der Gedanke, dass all die jungen Menschen rundherum ihr Leben noch nicht gelebt hatten, ich mit fünfzig aber schon, dass ein Attentat für sie viel ungerechter wäre als für mich. So auch im Auto. Der Student und die Dozentin; es wäre traurig vor allem wegen ihm.

Im Morgengrauen eine Handynachricht von Zev: *du liebst den löwen in mir, nicht die fische.*

Die romantische Idee eines auf Dauer angelegten Verhältnisses, vielleicht sogar eines geheimen. Die Idee also, dass es eine Form der Kontinuität geben könnte, die außerhalb der Norm stand, eine Kontinuität, die darin bestünde, ihn kommen und gehen zu lassen, wie er wollte, ihn durch die Jahrzehnte zu begleiten in seinen amourösen Erfahrungen, der wortwörtliche Schoß zu sein, in den er zurückkehren konnte, wofür jetzt die Basis geschaffen werden musste, damit es ein Heimkommen war, so, wie für viele die langjährige Beziehung eine Heimat ist, hier allerdings eine, die von Anfang an darauf gebaut wäre, dass es keine Ausschließlichkeit gab, keine Singularität, und dass gerade in diesem Mangel die Größe lag, die alles andere überdauerte. Es war die lächerlich romantische Idee der absoluten Liebe, die den körperlichen Verfall überlebt, und es war auch der Hochmut des Alters, das über die Jugend triumphiert (auch über die anderen Frauen, die noch nicht einmal Rivalinnen sein sollten und der Einfachheit halber alle denselben Namen erhielten, Lilly, unzählige Lillys also würde es geben, sie würden kommen und gehen, und der Anspruch an mich selbst musste sein, all diese Lillys auszuhalten), indem in aller Gelassenheit das Versprechen gehalten werden konnte, das einmal gegeben worden war: Ich werde dich immer lieben.

Beklemmende Hitze bereits in der Früh, die Klimaanlage im Mückenloch war ausgefallen, so hohe Temperaturen schaffte sie nicht, der Techniker sollte bald kommen. Die Mitbewohner waren aus dem Haus, ich fuhr wie immer montagmorgens mit der schmutzigen Wäsche von uns allen in die Stadt, der Dicke von der Wäscherei kannte mich schon, saß träge auf dem Korbsessel vor der Tür, einen Chihuahua auf dem Schoß, die Füße in einen Kübel mit Eiswasser getaucht. Danach kehrte ich ins College zurück, parkte hinter dem Hauptgebäude, ein kurzer

Spaziergang zur Mensa, wollte sehen, ob Zev beim Frühstücken war. Er aß allein draußen, sonst setzte sich kein Mensch freiwillig dieser Hitze aus, ich ging zu ihm, er sah mich an und fragte: «Weißt du, was luzide Träume sind?» Ich wusste es nicht, wollte erst etwas zu Essen holen, er wartete, redete bereits weiter, bevor ich saß, über luzide Träume, bei denen man wisse, dass man träume, aber dennoch nicht wach, sondern wirklich im Schlaf sei, das Aufregende an luziden Träumen sei, dass man sie steuern und gestalten könne, so wie ein Regisseur einen Film. Er habe letzte Nacht gleich zwei luzide Träume gehabt. Dann stockte er und wurde verlegen. «Und», fragte ich, «hast du von Sannas Brüsten geträumt?» «Nein», sagte er, «aber von Sex schon.» «Aha», fragte ich, «und mit wem?» Er betrachtete mich aufmerksam, «rate mal», sagte er, stand auf und ging. Später trafen wir uns im Computerraum zur Bearbeitung seiner Texte wieder. Zev setzte sich weit abseits hin, schnellte nur einmal vor, um die Schrift übergroß einzustellen, damit er aus der Entfernung mitlesen konnte. Er rutschte auf seinem Stuhl hin und her wie ein zappeliger Teenager, interessierte sich kaum für meine Anmerkungen, wollte nur schnell raus. Angespannte Atmosphäre, ich schickte ihn weg und redigierte den Artikel allein zu Ende.

12. August 2013 – «Die Vorwürfe sind vom Tisch. Die NSA und der britische Nachrichtendienst haben erklärt, dass sie sich in Deutschland an deutsches Recht halten. Der Datenschutz wurde zu einhundert Prozent eingehalten», erklärt Kanzleramtschef Ronald Pofalla.

Deb fragte Zev zu Beginn des Unterrichts, ob er denke, Dave habe die NSA darüber informiert, dass er über das Thema gearbeitet habe. Alle sahen Deb irritiert an, wie kam sie jetzt darauf, es war schon länger nicht mehr die Rede von der NSA gewesen. «Keine Ahnung», sagte Zev, «ich glaube nicht.» Sie betrachtete ihn seltsam prüfend. Später nahm er mich beiseite und erklärte, Deb habe ihn mit Dave erwischt, sie hätten sich an der Sporthalle beim Friedhof getroffen gestern, hinter Büschen, an eine Hauswand gelehnt. Er wisse, dass sie jetzt misstrauisch sei, wahrscheinlich denke sie, er habe die Seiten gewechselt und Dave habe ihn für die NSA rekrutiert. Ich sagte nichts, hoffte, dass er nicht auch mein Misstrauen sah. Was hatte er immer mit Dave zu besprechen?

Nachmittags erhielt ich eine Nachricht von Rothman. Er bitte um Verständnis, dass er sich zum Text von Lisa Brackbill nicht äußern könne, aber der *1. Zusatzartikel zur Verfassung der Vereinigten Staaten vom 15. Dezember 1791* garantiere Religions- und Meinungsfreiheit. Dem Druck der Zeitschrift stehe nichts im Wege.

Kurz danach ging eine Rothmansche Mail an die gesamte Fakultät, das Gruppenfoto war angehängt. Ich betrachtete es genau, entdeckte Zev dann doch, er war nicht in Gänze zu sehen, stand ein wenig von Marcus verdeckt. Ich suchte den Rest der Gruppe, Leonard wie immer in blitzendem Weiß, er hielt beschützend die kleine Kim im Arm, Sally kniete, und Deb guckte kokett, das Kinn neckisch hochgereckt. Einzig Lisa fand ich nicht.

Lisa – die ganze Biografie ein *fake*? War sie gar keine Evangelikale mit einem predigenden Vater aus dem Süden? Die sonntäglichen und sonstigen Abwesenheiten nicht der Religion, sondern der Politik geschuldet? Vielleicht war sie einfach dies: eine ehrgeizige junge CIA-Mitarbeiterin, die nicht Lisa Brackbill hieß.

Noch zwei Abendessen. An diesem Abend ein reguläres, am nächsten dann das Galadinner, an dem Englischsprechen ab 20 Uhr wieder erlaubt sein würde, es würde ein anderer Kosmos sein, eigentlich der normale, der aus *Miltontown College* wieder einen gewöhnlichen Ort in Amerika machte und nicht einen abgehobenen Raum fern der Realität. Es würde sein wie jedes Jahr: Der gesamte Lärmpegel würde ansteigen, schüchterne Studenten würden sich selbstbewusst, langsame Sprecher geistreich oder blitzschnell zeigen, sie würden lachen und scherzen und sich über das lausige Englisch der Dozenten amüsieren, es würden Dinge gesagt werden, die seit Wochen in der Luft lagen, aber nicht ausgesprochen werden konnten, Komplimente würden hin und her schwirren, Kritikpunkte angebracht werden, und ein allgemeines Staunen darüber herrschen, wie anders das Gegenüber war, wenn es sich in seiner eigenen Sprache ausdrücken durfte. Natürlich war ich neugierig, wie Zev sich verhalten würde, ob er ein anderer war, als Englisch sprechender Amerikaner unter Englisch sprechenden Amerikanern. An diesem Abend konnte ich also zum letzten Mal *die Hebräer* aus der Ferne grüßen, ab dem nächsten dürfte ich mit ihnen plaudern, mit der Rotgelockten am liebsten, vielleicht sogar mit dem Mossad, ihn fragen, warum er sich die ganze Zeit so aufgespielt hatte, eine studentische Hilfskraft mit Machtgelüsten, ich könnte auch nachfragen, wo John abgeblieben war, seit zwei Wochen hatte ich ihn nicht mehr gesehen, wahrscheinlich frühzeitig abgereist, womöglich hatte er dem Druck nicht standgehalten. Zev war nicht zu entdecken, Marcus sah meinen suchenden Blick, blinzelte mir freundlich und wissend zu, ich nahm das Tablett und ging raus, Zev kam die Stufen hinunter, setzte sich zu mir, sagte, dass er gleich mit der schmalen Blonden verabredet sei, fragte, ob ich deswegen eifersüchtig sei. Ich konnte es nicht fassen, ich wollte doch nicht mit einem Zwanzigjährigen Eifersuchtsgespräche führen, obwohl ich die schmale Blonde schlagartig nicht mehr leiden konnte. Er redete wieder von Mutter und Sohn, ich wollte davonlaufen, mochte das Thema nicht mehr hören, das war ja schon obsessiv, eine Verschiebung sei das, sagte ich, pure Ablenkung, nur weil er feige sei, wir rangen miteinander, wie wir das schon seit Tagen taten, es war fürchterlich, welch ein Kampf, plötzlich sprach er von Ödipus, sagte cool: «Wenn der Sohn die Mutter fickt, ist sie nicht mehr die Mutter.» Ein Segen, dass niemand in der Nähe war.

Erinnerung an den Sohn einer Freundin in Florida, der sich zum sechzehnten Geburtstag ein Sexspielzeug wünscht. Die Mutter sagt, er könne das mit jedem anderen einkaufen gehen, nur nicht mit ihr. Zu viel Ödipales und so weiter; es reiche ihr schon, dass sie eine Plastikvagina im Schrank ihrer Tochter gefunden habe. Er solle doch mit jemand anderem shoppen gehen, mit mir zum Beispiel. Dass die Tochter eine Plastikvagina besitzt, liegt an deren Freund, wie sich bald herausstellt. Der Sechzehnjährige würde also mit dem Freund der Schwester das einkaufen gehen, was er sich erträumt. Die Mutter will nicht erfahren, was es ist, fürchtet aber, es sei ebenfalls eine Plastikvagina, was in ihr allerlei hygienische Bedenken heraufbeschwört: *«It's horrible, it could infect the dick.»*

Das Heft war gedruckt, Komplimente von allen Seiten, es sah gut aus. Lisas Text erregte Aufmerksamkeit, doch weniger als gedacht. Sowieso schien die Affäre um die NSA und Edward Snowden niemanden mehr zu erzürnen, einzig die ausländischen Medien arbeiteten sich daran ab, doch die Politiker schwiegen, und den Studenten war das alles ziemlich egal, hier im Land ging es sie nichts an, Amerikaner wurden schließlich nicht überwacht, das wussten sie, das war von der Obama-Administration mehrfach bestätigt worden. Zev blätterte das Heft wortlos durch, legte es beiseite, sah mich an und fragte: «Glaubst du an Revolution durch Liebe?» «Wie meinst du das?», fragte ich. «Eine sanfte Revolution, gewaltloser Widerstand, der sich ausbreitet durch Liebe, ausgehend von einzelnen Personen», sagte er. «Eher nicht», antwortete ich. «Also Texte oder Bomben», sagte er. «Ja, vielleicht», sagte ich: «Texte oder Bomben.» Zev schwieg.

Beim Abschiedsdinner wurden Dias des Sommers gezeigt, eine choreografierte Show mit Musik. Hundertfünfzig Menschen saßen an den runden Tischen, die mit weißen Tischtüchern gedeckt und mit Blumenarrangements geschmückt waren, das Licht gedimmt, die Studenten in Abendrobe, alles sehr festlich. Zev kam zu spät, er trug über dunkler Hose ein geknöpftes Streifenhemd, eigenartig gezähmt sah er aus. Das Foto von uns beiden im Abendlicht tauchte gleich zweimal auf, zu Beginn der Show und zum Ende noch einmal, es blieb lange stehen, ein Fehler wahrscheinlich, aber ein auffälliger, ich spürte die Blicke auf mir, mir wurde warm, doch das Programm ging zügig weiter, es wurde gejohlt und gepfiffen, jemand sang, es gab launige Reden und ein Quiz, danach wurde zur Party geladen, drüben im Clubhaus neben dem Golfplatz, dort würde Alkohol ausgeschenkt werden, nur für die über Einundzwanzigjährigen selbstverständlich, die Jüngeren verschwanden in ihre Zimmer und tranken sich vor der Party warm.

Ein paar Kollegen und ich waren früh da, wir saßen draußen auf der hölzernen Terrasse, blickten über den Golfplatz auf das nächtliche Miltontown hinunter, sternenklarer Himmel, langsam füllte sich der Raum hinter uns mit Studenten, man hörte sie lachen und schwatzen, plötzlich Englisch überall, ich holte einen Whiskey, der Barmann gab Eis dazu und steckte einen Trinkhalm ins Glas, wenigstens verlangte er keinen Personalausweis, was ungewöhnlich war, im Supermarkt hatte man kürzlich dem Maßgeblichen und mir den Rotweinkauf verweigert, weil wir ohne Ausweise waren, was natürlich lächerlich war, grau meliert der Maßgebliche und gezeichnet auch ich. Zev tauchte mit einer Gruppe Studenten auf, er kam auf die Terrasse, setzte sich dazu, sah begehrlich auf meinen Whiskey, ich schob das Glas in seine Nähe, er griff es, drehte sich um und bückte sich unter den Tisch, trank durch das Röhrchen, saugte hastig, als sei es Sirup, er trank weiter, ich beugte mich vor, deckte ihn; Anstiftung Minderjähriger zum Alkoholkonsum, eine Illegalität im Bundesstaat und nahezu ein Schwerverbrechen auf dem Campus, ich hatte mich soeben strafbar gemacht. Drinnen tanzten sie, Leonard kam aus der Tür gestolpert, setzte sich zu uns, massive Schenkel in eng anliegenden weißen Jeans, Urmel stellte sich dazu, gratulierte ihm zu seinem Text im Heft, die Hand wohlwollend auf seine muskulöse Schulter gelegt, sie tätschelte ihn, auch das ein Übergriff, aber Urmel scherte sich um Konventionen nicht und Leonard schmolz vor Glück; dieser Hüne hatte ein hauchzartes und poetisches Stück über eine Kindheit voller Schuldgefühle und Gewalt geschrieben, es war klar, es war seine eigene, ich freute mich für ihn, Urmels Lob bedeutete ihm viel, er bewunderte sie sehr. Leonard und Zev begannen, über Musik zu reden, auf Englisch, sie sprachen rasend schnell, Zevs Stimme klang anders als sonst, tiefer und bestimmter und lauter, sie scherzten und lachten, ausgerechnet die beiden, die einander nur angegiftet hatten, ich verstand sie zwischenzeitlich gar nicht mehr, war plötzlich abgehängt, ihre Stimmen entfernten sich, mich umgab die Schwärze der Nacht, Sternenglitzern, mir war kalt und elend, sie waren mir beide plötzlich fremd, zwei fremde selbstbewusste junge Männer in einem fremden Land. Ich stand auf und ging hinein, setzte mich auf den Kaminvorsatz, die Römerin kam dazu, wir beobachteten die Tanzenden, das Früchtchen, aufgekratzt mit Freundin Kelly, die beiden drehten sich, wirbelten herum und trippelten in ihren Sommerkleidern die Männer an, aus den Lautsprechern erklang plötzlich Frank Zappa mit *Bobby Brown*, Zev kam reingestürmt, stellte sich vor mich, fragte, ob das Hemd doof aussehe, «ja», antwortete ich, «das Hemd sieht doof aus», er knöpfte es auf, zog es aus und warf es mir in den Schoß, die Römerin staunte, ich fühlte mich ungewollt zur Mutter gemacht, die noch körperwarmen Kleider des Kindes am Rande des Spielplatzes in der Hand, Zev stampfte im Rhythmus auf die Tanzfläche, im gerippten Unterhemd, Zappa plötzlich sehr ähnlich, der Schnauz, der Bart, die zusammengebundenen Haare, er bewegte sich wie ein Roboter und sang, *I tell all the girls they can kiss my heinie, here I am at a famous school, I'm dressin' sharp and I'm actin' cool.* Ich zerrte die Römerin auf die Tanzfläche, den Text kannten wir auswendig, *when I fucked this dyke by the name of Freddie*, der ganze Saal sang mit, die Römerin und ich tanzten erst locker, dann eng, Zev sah es und griff sich Deb, die beiden bewegten sich im Einklang, man merkte, sie genossen es. Ich wartete das Ende des Songs ab und schlich mich dann hinaus, an der Mauer lehnte ein leidenschaftlich küssendes Paar, ich setzte mich ins Auto und fuhr um den Friedhof herum zurück ins dunkle Mückenloch, wo außer mir noch keiner war.

Frühmorgens Lektüre eines Interviews mit der siebzigjährigen Modedesignerin Diane von Furstenberg. Irgendwo sagte sie über das innige Verhältnis zu ihren Exmännern: «Ich bin gut in Scheidungen. Wenn ich sie liebe, liebe ich sie für immer.» Vertrauter Gedanke; so viele waren es bei mir nicht, die es zu lieben galt, ein paar Männer, ein paar Frauen. Immer noch gefiel mir die Idee, über Zev und mich zu schreiben, in zehn Jahren ein zweites Mal, prüfen, wie die Gefühle sich verändert hatten, dem Wandel nachgehen. Prüfen auch, was aus Zev geworden war, einem Mann im dreißigsten Jahr. Und aus Edward Snowden, einem Mann im vierzigsten Jahr. Zehn Jahre darauf ein weiteres Buch, insgesamt vier wären möglich, bestenfalls. Das letzte geschrieben als alte Frau, mit achtzig, im Sommer 2043; vielleicht kein ganzes Buch mehr, sondern nur ein Text, kaum jemand will Bücher von alten Frauen lesen. Falls man noch lebte und es überhaupt etwas zu sagen gab. Zev wäre dann fünfzig Jahre alt.

Er sah verschlafen aus, kindlich zerzaust; das war der Unterschied zwischen ihm und mir, zwischen Jungen und Älteren überhaupt, Junge erinnerten nach dem Aufwachen an Kinder, Ältere an Greise, die sich erst im Laufe der Zeit entknitterten und glätteten. «Wo warst du gestern Nacht?», fragte er vorwurfsvoll. «Im Bett», sagte ich. Wir schwiegen, Leute kamen und gingen, die Ersten zogen Koffer hinter sich her, die meisten reisten an diesem Tag schon ab, andere am nächsten, ich würde noch vier Tage bleiben, normalerweise mochte ich das, den leergefegten Campus, dieses Jahr graute mir davor, unser Haus hatte sich bereits zu leeren begonnen, sentimentale Abschiede und Versprechungen, ab Nachmittag sollte ich es für mich allein haben, trübe Stimmung deswegen, Ödnis auf allen Seiten. Die zerrinnende gemeinsame Zeit verlängern zu wollen, ein beiderseitiges Bedürfnis offenbar, Zev schlug ein Mittagessen mit seiner Mutter und deren Mann vor, unten in der Stadt, in drei Stunden würden sie kommen, um ihn abzuholen, ich zögerte, die Mutter, du liebe Güte, was sollte ich bloß mit ihr reden, aber die Versuchung war größer, die Neugierde auch: erfahren, woher dieser besondere Junge stammte.

So beschäftigt, diese Menschen. Sie tippte auf dem Laptop, er telefonierte. Ein normaler Wochentag, würde sie sich später entschuldigen, *business hours*. Zev hatte eine SMS geschrieben: *sollen wir dich aufheben?* Minuten später eine neue Nachricht, es dauere länger: *wir kom-*

men gleich, sie arbeiten, sie machen Anrufe; dahinter ein traurig blickendes Emoticon. Ich fuhr an ihnen vorbei, langsam, um einen ersten Eindruck zu erhaschen; die Autotüren standen offen, sie saß auf dem Beifahrersitz, schreibend, er schritt um den BMW herum, den Hörer am Ohr, gestikulierend, beide schlank, beide in Jeans, Zev saß auf der Rückbank, trug Piratentuch, Kopfhörer und Sonnenbrille, er las; ein geschlossener Familienraum. Später wartete ich vor der Pizzeria an einem der langen Holztische, im Hintergrund das Rauschen des Wasserfalls, *unseres Wasserfalls,* eines der Geräusche dieses Sommers. Nur einen Augenblick lang war ich nervös, als die Front auf den Tisch zuschritt; jede Familie ist eine Front, hier waren es gleich zwei: Mann und Frau, Mutter und Sohn. Ich selbst stand dem allein gegenüber. Doch dann wendete sich alles blitzschnell, neue Fronten bildeten sich, Mutter und Stiefvater, Zev und ich; also doch kein geschlossener Raum. Sie telefonierten wieder, wir flüsterten währenddessen auf Deutsch, als ob es eine Kindergeheimsprache wäre, sie waren urban geschäftig und schnell, wir waren ländlich sommerentspannt und langsam, staunten sie an wie artfremde Wesen, *«we are in a different modus»,* wie Zev seiner Mutter erklärte, sie hörte nicht hin, *«we are very close»,* fügte er hinzu, niemand reagierte, *«we know everything about each other»,* wieder nichts. Etwas stellte sich ein, das von Anfang an da gewesen sein musste, doch nie trat es deutlicher zutage als in diesem Moment: Zevs Anwesenheit beruhigte mich, wirkte wie ein sanft den Körper und Geist durchdringendes Sedativum. Dieses Verhältnis war anders, anders, als es sein sollte, anders, als jedes Klischee es wollte; nicht das mütterlich-Nährende war, was uns verband, auch nicht junge Liebe und die Erinnerung daran, es hatte alles nichts mit dem Alter zu tun, weder mit seinem, noch mit meinem, der Kern des Ganzen war vielmehr, was zum ersten Mal aufgeblitzt war, als er dem Mossad gegenübertrat: ein mutiger Mensch, der einen geliebten Anderen beschützen wollte, jemand, in dessen Nähe ich mich in Sicherheit fühlte, eigenartig geborgen, ich, die Vaterlose, die sich nie im Leben von einem Mann hat beschützen lassen wollen, die sich ins Bodenlose geschämt hätte, wenn sie auf einem Motorrad die Sozia hätte sein sollen, gelehnt an einen Mann, undenkbar, die deswegen den Führerschein machen und sich ein eigenes Motorrad zulegen musste, ich also gab mich einem Jüngling hin, lieferte mich ihm aus und fühlte keine Angst in diesem Verhältnis, in dem die eigenen Beschädigungen schlagartig verschwunden waren und beider Wunderlichkeiten nicht störten, wo wir uns ganz normal finden konnten, vielleicht gerade weil andere ihn als verrückt wahrnahmen, als *creepy* oder *dark* oder *too intens*, und mich als neurotisch ungebunden. Und dann geschah noch etwas: Sie, die Mutter, die geschmeidige Schöne mit dem dunklen, langen und glatten Haar, eine kühle und kluge Grazie, wachte plötzlich auf aus ihrem Abwesenheitsschlaf, war für einen Moment ganz präsent, wir sprachen über das Älterwerden, über den Schrecken, der noch kommen mochte, ich blickte ihr in die Augen und wusste, sie merkte nichts von meiner Irritation, durchschaute nicht die Situation, war zu beschäftigt mit sich und diesem unruhigen Mann an ihrer Seite, für den sich gerade niemand zu interessieren vermochte, ich saß ihr also vis-à-vis in meiner Schauspielerinnenrolle und dachte, wir könnten Freundinnen sein, das wäre schön und würde passen, zwei Frauen im selben Alter, aber ich sagte nichts, nicht, dass ich ihren Sohn liebte, nicht, dass sie sich nicht zu sorgen brauchte, und auch nicht, dass ich sie mochte. Zev begann ein Gespräch mit dem Mann der Mutter, redete von der Documenta in Kassel, der Stiefvater kannte die Documenta nicht, «das kann doch nicht sein», sagte Zev, und dann zu mir: «Er hat ein Bildungsloch.» Ich lachte auf, ich mochte das Wort, es ging weiter als die Bildungslücke, war von abgründiger Tiefe, man sollte Bildungsloch in den allgemeinen Sprachgebrauch überführen. Der Stiefvater fing an, von französischen Rotweinen zu sprechen, redete immer weiter über Weine, Zev blickte ihn düster an, sagte nichts mehr, tippte unvermittelt eine Nachricht in sein Handy, steckte es weg, der Mann war bei den Weinen des Périgord angelangt, er kannte sich offenbar aus, war viel gereist. Dann ein Piepsen, Zev griff in die Hosentasche, blickte aufs Handy, er wolle Süßigkeiten kaufen, sagte er, im Teeladen drüben, winzig kleine und außerordentlich teure Rosenblütenbällchen, hausgemacht, solche, wie er sie mir zum Kosten nach seiner Teezeremonie mit Dave mitgebracht hatte. Der Stiefvater reichte ihm die Brieftasche, so, wie auch ich ihm die Brieftasche gereicht hatte, als er an der Tankstelle Tabak kaufen wollte, mit der beiläufig-generösen Geste desjenigen, der das Geld besaß und somit die Macht zu besitzen glaubte. Zev lehnte ab, kramte in seiner Hose, fand noch ein paar Dollar. Wir saßen zu dritt, warteten auf Zev, der lange wegblieb, sprachen über Hippies hier im Norden, das Handy des Mannes klingelte, ein Notfall, ein Schwarm Bienen war über den Sohn des Nachbarn, der auf das Haus in der *countryside* aufpasst, hergefallen. Die Mutter gab Ratschläge, beide redeten gleichzeitig, achteten nicht auf mich, ich blickte mich um, sah hinten beim Parkplatz Dave in seinen roten Kleinwagen einsteigen, Zev kam zurück, ich wollte ihn nach Dave fragen, doch nun ging alles plötzlich ganz schnell, die Mutter und der Stiefvater brachen auf, Zev und ich trotteten ihnen zum Parkplatz hinterher. «Nicht weinen», sagte Zev, «du siehst mich bald wieder.» Nein, ich würde nicht weinen, konnte mich ablenken, musste mich schließlich auf die Vortragsreihe konzentrieren, die diesem Sommer durch ein paar Universitäten die Ostküste entlang folgen würde, die Kollegen hatten eingeladen. Die Mutter drückte mir selbst gemachte Muffins mit Zucchini in die Hand, noch nie hatte ich Muffins mit Zucchini gegessen, ich wusste nicht einmal, dass es Muffins mit Zucchini gab, der Mann saß schon im Auto, Zev umarmte mich, «es ist gut, zu verabschieden an unserem Ort ... und ... », er schenkte mir die Rosenblütenbällchen und stieg ein, die Türen schlugen zu, und schon fuhren sie weg, Mama und Papa vorn und hinten das Kind, ich stand da und sah ihnen hinterher und weinte nun doch, mit meinen beiden Papiertüten in der Hand, meinem Sommerproviant, an *unserem Ort*, wo nichts anderes mehr geschah, als dass der Wasserfall rauschte.

Trübe Stunden im leeren Mückenloch, offen stehende Türen, ungemachte Betten, überall achtlos liegen gelassene Handtücher, die Möbel verstellt; ich räumte sinnlos rum, schob Sessel und Sofas, ordnete Zeitschriften und Papiere, döste ein wenig, setzte mich später auf die Holzstufen vor die Tür, ein lauer Abendwind. Es war unheimlich, schon die zweite Nacht ohne die anderen, die Kojoten heulten wieder. Der Maßgebliche war als Einziger nicht abgereist, wir waren zum Dinner in der Russen-Mensa verabredet, wenigstens das. Ich machte einen Spaziergang über den historischen Friedhof, suchte, wie ich es jeden Sommer tat, die verwitterte Grabstelle einer dreitausendachthundert Jahre alten ägyptischen Kindermumie, die vor sechzig Jahren hier beerdigt worden war, fand sie wie immer nicht, ging weiter zu einem verstörenden Grab mit einer dicken Glasplatte auf Kopfhöhe, ein panischer Mensch hatte es vor über hundert Jahren so geplant, mit einer Klingel im Sarg, falls er nur scheintot wäre und im Sarg aufwachen sollte, die Schädelknochen schimmerten durch das dicke Glas, ich dachte ans Sterben. Es dämmerte, zwei Gestalten huschten hinter Grabsteinen vorbei und verschwanden im Wald, Zev und Dave – das war unmöglich, das bildete ich mir bloß ein, wie konnte man nur so fixiert sein. Ich ging weiter, drehte mich mehrmals um, doch da war keiner. Auf der Russen-Terrasse wartete der Maßgebliche schon.

Alle Zimmertüren im Mückenloch standen offen, geschlossene wären beängstigender gewesen, ich wiegte mich in der Illusion, so nicht den Überblick zu verlieren. Unruhiger Schlaf. Ich hörte ein Auto über den Vorplatz rollen, Scheinwerferlicht huschte durchs Zimmer, das Auto hielt, knirschender Kies, ein Klacken, jemand stieg aus und ging ums Haus herum, ich blickte durch das Fenster, sah einen roten Kleinwagen wegfahren. Stille.

Schließlich Schritte. Ich war hellwach. Dann ein Klopfen an der Tür, es war ein leises Klopfen, aber ein dringliches.

16. August 2013 – Nachdem die amerikanische Regierung versichert hat, dass sie sich in Deutschland an deutsche Gesetze halte, erklären Kanzleramtsminister Roland Pofalla und Bundesinnenminister Hans-Peter Friedrich die NSA-Affäre für beendet.

23 Uhr im Wald hinter unserem Ort. Komm.

Sie bewahrt den Zettel seit Wochen in ihrer Brieftasche auf, zwischen einer Fotografie ihres Hundes, der schon lange nicht mehr lebt, und der Postkarte ihrer Vaterstadt, wo sie seit zwanzig Jahren nicht mehr war, obwohl es da so schön ist, oder vielleicht gerade deswegen, das Mittelmeer, leuchtend blau, der Lungomare mit seinen prachtvollen Bauten, das großelterliche Haus, in dem nun fremde Menschen wohnen. Sie hat den Zettel unzählige Male betrachtet und hält ihn auch jetzt in der Hand, das postkartengroße fahle Stück Papier, ihr ist, als ob weitaus mehr darauf stünde als die beiden Sätze in Zevs Schrift, die keine Schreibschrift ist, aber auch keine Druckschrift, sondern eine Mischung aus beidem, ein krummer und kantiger Zeichensatz, in seiner Abgehacktheit von eigenwilliger Geschlossenheit, es kommt ihr vor, als ob eine ganze Welt darin läge, ein Ruf, ein Versprechen, jedes Wort von höchster Bedeutung und sinnlich noch dazu: *23 Uhr*, wie viel verwegener das klingt, als *11 pm* klingen würde, und wie verwegen er in jener Nacht aussah, als er an ihrer Tür klopfte und überraschend vor ihr stand, glühend, mit einer Mission, wie ein Partisan auf dem Weg in den Kampf für die gerechte Sache, der sich noch von seiner Geliebten verabschieden will, ungeheuerlich, denkt sie, wie sehr sie ihn vermisst; dann sein *im Wald*, an Hänsel und Gretel gemahnend, Hand in Hand, an Verbotenes und Verschwiegenes, an den Duft von feuchten Moosen und verrottenden Kiefernnadeln, an Liebe und Tod und an gebrochenes Licht; *hinter unserem Ort*, die erregende Intimität des *unserem*, gesteigert durch ein Dahinter, das über das Räumliche hinauswächst und auf die Möglichkeit einer Zukunft verweist; und natürlich das alleinstehende *Komm*, *Komm* ohne Ausrufezeichen, untypisch für Zev eigentlich, der gerne Ausrufezeichen setzt, dessen ganze Existenz ein Rufen und Toben und Suchen und Finden ist, eine Existenz unter der Schirmherrschaft des Ausrufezeichens, aber gerade wegen des Fehlens dieses dramatischen Zeichens, wegen des ganz und gar unspektakulären Punktes am Ende wird das *Komm* zu einer beschwörend ernsten Angelegenheit und spricht in aller Entschiedenheit zu ihr. Sie hält die Brieftasche in der Hand, steckt den Zettel zurück zwischen toten Hund und verlorene Stadt, klaubt Geldscheine heraus, 37 Euro zeigt das Taxameter, soeben sind sie von der *Jan van Galenstraat* in die *Marnixstraat* eingebogen, noch eine Kreuzung, dann sind sie da. Es ist gut, dass sie wenigstens diesen Zettel besitzt, wenn ihr der andere schon entrissen worden ist, in den Klauen von O'Leary oder Freeman verschwunden und jetzt wahrscheinlich auf dem Schreibtisch eines der vierzigtausend amerikanischen Spione liegend; sie hat der NSA Zevs Aufenthaltsort direkt in die Hände gespielt, das macht sie immer noch fassungslos, aber vielleicht ist er gar nicht mehr in dem mausgrauen Haus nördlich von Orlando, oder sie hat den Lageplan falsch gedeutet, tröstet sie sich einmal mehr; sie kann nur hoffen, dass die ihm nichts Ernsthaftes vorwerfen können, dass er in die Welt des politischen Widerstands noch nicht allzu tief eingedrungen ist, sie traut ihm eigentlich alles zu und diesen Leuten auch. Der Taxifahrer hält an, sie bezahlt, nimmt ihre Tasche und steigt aus, sie hat nur leichtes Gepäck dabei. Was sie hier soll, weiß sie nicht, sie blickt zu ihrem Haus hoch, in der ersten Etage hat sie gewohnt, schlagartig erinnert sie sich an alles, an das zerschlissene Seil, an dem man ziehen musste, um die Haustür von oben zu öffnen, an das Vibrieren und Beben des Fußbodens und das schrille Quietschen, wenn eine Trambahn um die Kurve bog, an das blaue Licht, das flackernd durch ihr Zimmer streifte, wenn die Feuerwehrwagen aus dem Depot fuhren, an die dicken Teppiche mit Blumenmuster, die immer ein wenig feucht, auch klebrig anmuteten, an die Streifentapeten und die Glasschiebetür mit den ornamentalen bunten Scheiben. Sie geht zur Gracht, lehnt sich an das schwarz lackierte Geländer, blickt über das dunkle Wasser, es ist ein kühler Spätherbsttag, sie zieht ihre Jacke aus der Tasche, als sie eine SMS ankommen hört. Es ist eine fremde Nummer, eine italienische Vorwahl, kein richtiger Text, nur drei Buchstaben: *AC.Z.* Erst denkt sie an *air conditioning*, danach an den *AC Mailand*, und wundert sich, was das wohl soll. Doch dann versteht sie, natürlich versteht sie, alles versteht sie, blitzartig sogar. *Aleister Crowley. Zev.* Sie dreht sich um, entdeckt schon das Taxi, das sie zurück zum Flughafen bringen wird, sie springt auf die Straße und winkt es heran. Der Wagen überquert schwungvoll die durchgezogene Linie, sie steigt ein, dieses Mal ist es ein alter Fahrer, einer mit Brille und Schnauz und sogar mit Hut. *Schiphol, Alitalia desk,* sagt sie. *Ah, naar Italië,* seufzt der Fahrer, sie merkt gleich, ein redseliger Typ. *Ja,* antwortet sie und lehnt sich zurück: *naar Sicilië.*

Dank an: Hedi Bäbler, Hansjörg Gadient, Karin Graf, Martin Hielscher, Uscha Kloke, Babette Leckebusch, Patrick Ploschnitzki, Barbara Stauss, Marionna Wegenstein

Das Motto auf S. 5 stammt aus: Roland Barthes, Fragmente einer Sprache der Liebe. Aus dem Französischen von Hans-Horst Henschen. © 1977 by Editions du Seuil, Paris. © der deutschen Übersetzung Suhrkamp Verlag Frankfurt am Main 1984.

© Verlag C.H.Beck oHG, München 2016 | Umschlaggestaltung: Rothfos & Gabler, Hamburg | Umschlagabbildung: vectorstock | Satz aus der Rotis Serif und Rotis Semi Sans bei Amann, Memmingen | Druck und Bindung: CPI Ebner & Spiegel, Ulm | Gedruckt auf säurefreiem, alterungsbeständigem Papier | (hergestellt aus chlorfrei gebleichtem Zellstoff) | Printed in Germany | ISBN 978 3 406 69690 9 | *www.chbeck.de*

ZORA DEL BUONO BEI C.H.BECK

Gotthard

Novelle. 144 Seiten. München 2015. 2. Auflage

ISBN 978 3 406 68184 4

Abgründig und komisch, sinnlich und raffiniert erzählt Zora del Buono in «Gotthard» von den Arbeitern am Gotthardbasistunnel, von einer buchstäblich heißen Arbeitsatmosphäre und einer Leiche im Keller. Fritz Bergundthal, Eisenbahn-Fan aus Berlin und gepflegter, fünfzigjähriger Junggeselle, ist zum Gotthardtunnel ins Tessin gereist, um ein paar spektakuläre Fotos schöner Lokomotiven zu machen. Aber im Laufe eines einzigen Tages, von dem «Gotthard» erzählt, wird er immer tiefer verstrickt in die freundschaftlich-familiären und erotischen Verwicklungen der Arbeiter rund um die Baustelle des Gotthardbasistunnels. Da sind die immer noch fesche, schrill alternde Dora Polli-Müller und ihre burschikose Tochter Flavia, Robert Filz mit seiner obsessiven Liebe zur brasilianischen Hure Mônica, Aldo Polli und Tonino, die in einer merkwürdigen, spannungsgeladenen Abhängigkeit aufeinander fixiert sind. Und die Heilige Barbara, Schutzgöttin der Tunnelbauer, ist gestohlen worden. Ein böses Omen, was sich im Laufe dieses Tages grässlich bewahrheiten wird.